ŒUVRES COMPLÈTES

DE A. BARGINET,

DE GRENOBLE.

LES
DEUX SEIGNEURS

DU

VILLAGE.

HISTOIRE DE CE TEMPS.

TOME QUATRIÈME.

PARIS,

MAME ET DELAUNAY-VALLÉE, LIBRAIRES,

RUE GUÉNÉGAUD, N. 25.

1828.

DE L'IMPRIMERIE DE LACHEVARDIERE.

LES DEUX
SEIGNEURS
DU VILLAGE.

DE L'IMPRIMERIE DE LACHEVARDIERE,

RUE DU COLOMBIER, Nº 30, A PARIS.

LES DEUX
SEIGNEURS
DU VILLAGE,

Histoire de ce temps,

PAR A. BARGINET
(DE GRENOBLE).

La peste soit de l'opinion populaire ! un
homme peut la porter des deux sens, à
l'endroit et à l'envers, comme un pourpoint
de peau.

SHAKSPEARE.

TOME QUATRIÈME.

—◦◦◦◦◦—

PARIS,
MAME ET DELAUNAY-VALLÉE, LIBRAIRES,
RUE GUÉNÉGAUD, Nº 25.

M DCCC XXIX.

LES DEUX
SEIGNEURS
D U VLLAGE.

~~~~~~

CHAPITRE XVI.

La Correspondance.

Il existait parmi les matériaux qui
nous ont été communiqués pour clas-
ser dans un ordre convenable les divers incidents de cette histoire, une
lacune d'environ quinze jours ; et,
pour la remplir, nous étions sur le point
d'en appeler à notre imagination,
qui nous a souvent offert quelque res-
source en semblables circonstances

mais nous avons fort heureusement
découvert dans la foule des notes
mises à notre disposition, une liasse
considérable de lettres entre lesquelles nous avons fait un choix qui, nous
l'espérons, pare à tous les inconvénients et nous permet de conserver
à cet ouvrage son caractère de vérité.
C'est pour obtenir cet heureux résultat qu'abandonnant un moment les
formes de la narration, nous allons
successivement transcrire celles de ces
lettres qui s'accordent le plus avec
l'intérêt et les développements du sujet que nous traitons. Nous avons été
un moment séduits par le désir de faire
déposer dans les magasins de nos hono-
rables éditeurs les manuscrits autogra-
phes des titres que nous allons reproduire, afin que le lecteur, honnête-
ment averti par les annonces des jour-
naux, pût venir s'assurer par lui-même
de notre véracité; mais nous avons

enfin préféré la crainte de la voir ré-
voquer en doute à l'avantage qu'ont
trouvé à se moquer de lui ceux dont
l'exemple nous inspirait cette idée.
Sur ce, nous entrons en matière.

N° I.

Madame Rosalie à Monsieur de Crossey.

Qu'aviez-vous donc, mon beau
Monsieur, quand vous êtes parti d'une
manière si brusque et si impolie? Ne
peut-on cesser de voir les gens sans
leur faire une injure gratuite? Se conduire ainsi c'est ajouter un tort à celui qu'on peut avoir déjà. Mais je ne
puis me décider à prendre au sérieux
votre singulière façon d'agir. J'ai eu
la curiosité de compter les pièces con-
tenues dans la bourse que vous m'a-
vez si galamment jetée au nez, proba-
blement dans la crainte qu'on ne vous

volât en route, car on ne sait jamais
jusqu'où peut conduire un voyage
aussi impromptu que le vôtre; il s'y
est trouvé douze pièces d'or. Dès l'instant que vous avez cru devoir mettre
un prix au cœur d'une femme légère
et imprudente, je ne saurais trop vous
remercier de votre générosité. Il est
des choses qui sont toujours trop
payées quand elles ne se donnent pas.
Cependant, Monsieur le philosophe,
comme vous appelait votre ami, je
prendrai la liberté de ne point accepter votre présent, et je trouverai l'occasion, je l'espère, de le faire remettre
entre vos mains.

Vous êtes sans doute étonné, mon
beau Monsieur, de me voir si douce
et si indulgente; vraisemblablement
il n'en eût pas été ainsi sans une circonstance plus imprévue que votre
départ, et qui me force à vous écrire.
A peine fûtes-vous éloigné, qu'un la-

quais de bonne maison vint vous demander avec empressement; je ne crus
pas devoir lui faire connaître votre indisposition subite, mais je vis dans
une de ses mains un papier plié en
forme de billet, et qui vous était
adressé. Je voulus bien m'en charger,
et je ne vous cache pas que je fus vivement tentée de profiter tout-à-fait
d'un incident qui pouvait me donner
l'explication de votre bizarre conduite. Je résistai à ce désir impétueux,
et le billet doux, je le suppose, est
ci-inclus dans l'état où il m'a été remis.
Le lendemain, le même messager,
porteur d'un nouveau billet, vint s'en-
quérir de vos nouvelles, et je lui fis un
petit mensonge à la faveur duquel un
autre poulet me fut encore confié; je le
joins ici à son devancier. Ah! vous aviez
des intrigues avec des grandes dames!
Fiez-vous donc maintenant à ces airs
de sagesse qu'on prend et qu'on quitte

comme un manteau ! Au fait , Monsieur le comte , j'ai peut-être tort de
me plaindre qu'un jeune homme de
votre rang ait abusé de la facilité d'une
pauvre couturière , et il n'est pas dans
l'ordre que vous puissiez songer un
seul instant au mal que vous lui faites
et aux regrets que vous lui occasio-
nez.

Votre affectionnée et très humble
servante, etc.

Nº II.

Édouard de Crossey à madame Rosalie.

Vous êtes vengée , Madame , votre
lettre m'a fait rougir, et je m'avoue
coupable envers vous. Au chagrin
d'avoir oublié un moment mes devoirs
auprès de vous , se joint maintenant
celui de vous avoir méconnue. J'ai lieu
d'espérer que notre connaissance n'a
pas été d'une durée assez longue pour

qu'il ne vous soit pas facile de perdre
bientôt le souvenir de mon imprudence. Quant à l'argent, que dans un
moment d'égarement, j'ai laissé entre
vos mains , et que vous voulez me ren-
voyer, veuillez m'aider à l'employer à
une bonne action. Je vous ai entendue
parler d'une femme âgée , dont le fils
aîné , son unique soutien, est atteint en
ce moment d'une maladie cruelle; re-
mettez-lui en votre nom cette faible
somme, pour épurer l'idée que j'avais
involontairement attachée à ce don.

Agréez mes excuses, Madame , et
l'assurance de ma sincère estime , etc.

N° III.

Premier billet. *Athénaïs à Édouard.*

Mes yeux, mouillés de pleurs, sont
encore fixés sur le siège que vous avez
occupé; je vois l'album entr'ouvert
à la page qui a excité en vous des

transports qui m'alarment, et vos tristes et dernières paroles retentissent encore à mon oreille... Édouard, ne m'abandonnez pas aux affreux pressentiments qui remplissent mon cœur... Je vous attends... Ne tardez pas, au nom du ciel! Rendez-moi le calme que vous m'avez ôté.

N° IV.

Deuxième billet. *Athénaïs à Édouard.*

Il ne vient pas, il ne viendra pas... Quelle nuit horrible j'ai passée!...On s'alarme autour de moi, on craint pour ma santé. Cruelle pitié!... elle me condamne à des souffrances plus grandes, car la dissimulation que m'impose la prudence est une peine qui embrase mon sein. Mais que dis-je? Édouard, prudence, convenance, raison, devoir, j'oublie tout, hormis votre absence. Ne vous reverrai-je

plus?....Oh! que de larmes j'ai versées!
Mon père me fait prévenir dans ce mo-
ment que nous retournons à Crossey.
Édouard, faut-il vous dire adieu?

N° V.

*Le général Matthieu Des-Marais à M. le
comte Édouard de Crossey.*

J'apprends à l'instant , Monsieur
le comte, que votre retour à Crossey
a précédé d'un jour celui de ma famille et le mien ; je m'empresse de
vous faire parvenir la commission de
garde de Guillot, en vous priant de
l'assurer que, malgré l'interruption de
son service, il n'en n'aura point à supporter dans la solde de son traitement.
N'ayant point eu l'honneur de vous
voir avant notre départ, je n'ai pu vous
donner plus tôt cette nouvelle preuve
de mon ardent désir de cimenter chaque jour de plus en plus une liaison

qui m'est chère, quoiqu'elle ait commencé sous de bien fâcheux auspices. Ce sera désormais un devoir pour moi d'accorder mon intérêt aux personnes que vous honorez du vôtre. Heureux, Monsieur le comte, si le temps dissipe entièrement les nuages qui s'étaient élevés entre nous. Vous en croyez sans doute la franchise d'un vieux militaire, et votre noble et généreux caractère me donne l'assurance qu'il ne restera dans votre cœur aucun souvenir du passé.

Ma femme et ma fille se joignent à moi, Monsieur le comte, pour vous prier de ne point nous négliger, et pour vous assurer que vous trouverez toujours au château de Crossey la plus franche cordialité, et tout l'accueil que vous méritez. J'ai l'honneur d'être, etc.

N° VI.

Le comte Édouard de Crossey à M. le général Matthieu Des-Marais.

Je reçois avec un vif sentiment de reconnaissance, Monsieur le général, la lettre que vous avez eu la bonté de m'écrire en m'adressant la commission du brave Guillot, maintenant notre protégé commun. Je vous remercie sincèrement de ce que vous avez cru devoir faire pour lui ; il est en effet, Monsieur le général, au nombre des hommes dont le sort sera à jamais lié au mien, et mon cœur ressentira toujours aussi le bien qu'on lui fera. Mais mon amitié pour lui n'étend point ses priviléges jusqu'à celui de vouloir diriger sa conduite et ses volontés personnelles. Je joins donc ici une lettre de lui, dont je n'ai point voulu prendre connais-

sance, afin qu'on ne puisse m'accuser
en aucune manière d'en avoir dicté
les termes. Sa détermination m'a paru
irrévocable, si j'en puis juger d'après
la fermeté ordinaire de son caractère.

Quant à moi, Monsieur le général,
et à ce qui me regarde plus particu-
lièrement dans la lettre à laquelle j'ai
l'honneur de répondre, il me serait
difficile de vous exprimer toute la satisfaction que votre obligeante bienveillance m'a inspirée. Je ne laisserai
certainement jamais passer l'occasion
de vous en donner des témoignages
plus précis, si je suis un jour assez
favorisé du hasard pour qu'elle se présente. Je me vois cependant forcé,
tout reconnaissant que je suis de votre
affectueuse invitation, de vous prier
d'agréer mes excuses si je ne m'empresse pas de m'y rendre. Des projets
d'une nature grave m'occupent en ce
moment, et si je ne vous donne pas,

Monsieur le général, une explication
moins ambiguë de la conduite qui
m'est désormais imposée, c'est qu'il
n'est pas en mon pouvoir aujourd'hui
de vous la donner franche et entière;
dans peu de temps, je l'espère, les
devoirs sacrés auxquels j'obéis en me
dispensant de visiter votre famille,
seront devenus moins impérieux et
plus faciles à juger. Jusque là, Monsieur le général, leur exigeance, qui
m'est pénible, puisqu'elle me prive,
quant à présent, de l'honneur de cultiver votre connaissance, ne permet aucune transaction. Je suis donc vraiment affligé, je dois le répéter en
d'autres termes, de ne pouvoir m'expliquer plus clairement, mais le temps
me justifiera auprès de vous, si j'étais
assez malheureux pour que mon refus
forcé n'obtînt point votre approbation.
Je suis bien parfaitement, Monsieur
le général, etc.

N° VII.

Guillot au général Matthieu Des-Marais.

MON GÉNÉRAL,

La présente est pour vous informer que j'ai toujours été un bon enfant, et que je me moque des bavardages de certains individus qui ne sont pas plus que des Prussiens à mes yeux. Je ne dis pas cela par haine ou envie de corriger les susdits individus, attendu que je les méprise trop pour ça, mon Général, de quoi je puis bien vous répondre comme ayant été dans le temps votre camarade et ami. Là-dessus, mon Général, je dois vous dire que depuis l'affaire en question il m'est survenu le désir de passer mon temps ainsi que je le voudrais, à ne rien faire ou à me promener, comme un officier d'état-major. Ce n'est pas, mon Général, que moi, Guillot, soussigné, je

sois paresseux ; on sait que quand il
y a de la bonne besogne à faire, ce n'est
pas moi qui la laisse finir par les autres ; mais, mon Général, je ne puis
répondre présent à l'appel pour la commission que M. Édouard m'a remise
de votre part. M. Édouard m'a dit
quelque chose qui me suffit, et je ne
veux plus être garde, attendu que la
manœuvre ne m'a jamais plu, et que
les dernières affaires m'en ont dégoû-
té, mon Général.

A présent que je suis dans le civil,
mon Général, je veux y rester tout-à-
fait, car dans ce régiment-là on ne
craint pas d'être cassé, et c'est ce qui
me convient aujourd'hui, sans compter que je ne manquerai de rien tant
que je vivrai et qu'il y aura ici quelqu'un que vous savez. Je vous dirai
encore, mon Général, que je ne vous
en veux pas du tout pour ce qui s'est
passé, et que vous pouvez bien être

tranquille sur ce qui est de mon inimi-
tié, quoique j'aie une ancienne rancune sur le cœur dont je ne vous ai
jamais parlé, parceque vous ne pouviez plus vous donner un bon coup de
sabre en tête-à-tête avec moi, comme
j'aurais eu cet honneur sans les circonstances. Vous vous rappelez bien,
mon Général, qu'à l'armée d'Italie,
le jour où le colonel vous donna les
galons de sergent, vous m'avez mis à
la salle de police; ça m'a vexé, parceque j'étais innocent, et c'est ce que je
voulais vous apprendre au sujet de
ma rancune.

Puisque ce n'est plus mon idée d'être
garde, mon Général, je crois que vous
aurez raison de donner ma place à Louis
Rambaut, qui a été canonnier à cheval, quoiqu'il ait l'inconvénient de se
griser de temps en temps; mais il n'a
pas le vin mauvais, et il écrit aussi
bien qu'un sergent-major. Ledit Louis

Rambaut sera bien content de l'affaire si vous pouvez l'arranger comme cela, attendu que vous ferez très bien. C'est aussi un bon enfant du temps où nous étions tous vainqueurs à l'armée d'Italie, sans parler de l'armée d'Égypte, qui a aussi moissonné des fameux lauriers. C'est pourquoi, mon général, si vous avez de l'amitié pour les anciens, comme vous en êtes susceptible, vous donnerez ma place à Rambaut.

Je voulais, mon Général, ajouter ici un chiffon de lettre pour madame la comtesse, mais je mettrai tout sur la même, car je ne suis pas fort pour les écritures. Je vous dirai donc, Madame la comtesse, que vous êtes trop bonne, et qu'à la fin je me fâcherai en vous remerciant de tout ce que vous faites pour moi, sauf votre respect. Vous m'avez envoyé un uniforme, un pantalon, une veste et un bonnet de police, le tout de drap neuf, ce que je n'ai pas voulu refuser pour cette fois, ma bonne Madame la comtesse, dans la crainte que vous ne me croyiez fier ou en colère. Si vous aviez besoin de moi, vous n'auriez qu'un signe à faire à Guillot, qui se battrait pour vous contre une division, trop heureux de mourir en vous prouvant mon amitié, sauf votre respect, avec lequel je suis, mon Général, GUILLOT, membre de la Légion-d'Honneur.

N° VIII.

Édouard de Crossey à Charles Moretel,
avocat.

J'ouvrais enfin les yeux sur les dangers que je courais, Charles, lorsque ton billet, dans son éloquente simplicité, est venu m'arracher à d'indignes et coupables occupations. Insensé que je fus si souvent d'accuser la sévérité

du sort quand aucun homme sur la
terre n'éprouva jamais plus que moi les
bienfaits d'une amitié tendre et sincère! Reçois donc, ô le meilleur des
amis! reçois l'entier hommage d'un
cœur dans lequel tu as ranimé l'étin-
celle mourante de la vertu. Oui, j'ose
encore prononcer sans rougir ce mot
qui est un outrage dans la bouche de
tant d'hommes ; ce n'est point, Charles, que je veuille affecter une perfection idéale qui n'est sans doute pas
dans la nature humaine, mais qui à
coup sûr ne peut être le partage d'un
jeune homme ardent et passionné
comme moi. Cependant, élevé dans
les principes de la morale la plus pure,
je n'avais jamais, jusqu'au moment
de mon dernier voyage, oublié les leçons qui arrachèrent ma jeunesse aux
séductions qui l'environnent; et en
parlant de la vertu, ce n'est qu'à cet
état d'innocence que je voulais faire

allusion. Mais du moins le voyage qui
m'a révélé la puissance du vice, qui
m'inspire plus de tolérance envers
ceux qu'égarent ses trompeuses illusions, m'a rendu à notre ancienne
amitié, et c'est une joie qui compense
l'amertume des souvenirs qu'il lais-
sera dans mon cœur.

Écoute, Charles, je ne t'écris pas
seulement pour te rendre grâces et
pour parler avec un orgueil qui convient mal à ma faiblesse, de ce fragile
amour du bien dont je me croyais
animé; je te dois l'aveu de mes fautes,
dont tu ne peux connaître toute l'é-
tendue; j'ai besoin de t'ouvrir mon
âme, et de te peindre à la fois ses erreurs et son repentir. Quand bien
même tu devrais m'accabler de ces
sarcasmes dont tu sais diriger les flè-
ches acérées avec tant d'esprit et de
gaieté, je n'hésiterais pas un moment.
Mais cette crainte pourrait-elle m'agi-

ter, et ne sais-je pas que la vive amitié
de Charles tempèrera l'humeur caus-
tique de mon censeur ?

Je t'écris, mon ami, presque sous
les yeux d'une jeune fille charmante,
d'une jeune fille adorée dont j'ai vu
l'enfance se développer comme les
pétales d'une fleur. O Charles! que
d'heureux jours j'ai passés auprès
d'elle, que de moments délicieux j'ai
goûtés dans sa tendresse vive et pure,
avant même que nous eussions pu
comprendre notre amour et en parler
le langage! Non, tous les rêves de l'i-
magination la plus ardente et la plus
romanesque ne pourraient enfanter
une créature si douce et si parfaite.
Cécile est née dans une famille de la-
boureurs; elle tient de son origine cette
simplicité précieuse qui ajoute aux
charmes de la beauté, quand, s'igno-
rant elle-même, ce n'est point par la
parure qu'elle cherche à captiver les

regards. Mais ce qu'elle ne doit qu'à la
nature, c'est l'âme la plus belle qui ait
jamais fait admirer quelque chose du
ciel dans une créature humaine. Sa
sensibilité expansive et profonde, sa
douceur angélique, les grâces de son
esprit, en font un être ineffable aux
yeux de ton ami. C'est moi, Charles,
qui cultivai sa raison, qui versai dans
son âme les lumières créatrices des
lettres et des arts ; comme les rayons
d'un soleil vivifiant elles tombèrent sur
cette jeune plante et fécondèrent en elle
le germe précieux des talents qui sont
l'ornement de la vie, et celui des vertus modestes qui font sa félicité. Telle
est cependant, Charles, telle est celle
que j'ai trahie, celle que j'oubliai un
moment, en m'abandonnant au délire
impétueux de mes sens. Dans l'instant
où je cherche en vain des expressions
qui puissent peindre ma vive douleur,
elle lève sur moi ses yeux où brille une

joie pudique et amoureuse, et son doux sourire, semblable à l'espérance, fait rentrer un peu de calme dans mon cœur.

Tu sais, mon ami, dans quelles intentions je m'étais rendu à l'invitation du préfet, quand j'eus le bonheur de te rencontrer à Grenoble. Je fus surpris, comme tu le fus toi-même en ce qui me concerne, de te voir lié à une famille qui habite ce pays et avec laquelle des circonstances fort singulières, qu'il serait trop long de te raconter en détail, m'avaient mis en rapport. Certes ma première entrevue avec Athénaïs n'avait point été favorable à une liaison entre nous, même de simple politesse. Je me croyais chargé de sa haine et de son mépris, et d'ailleurs mon cœur était trop plein de l'image d'une autre pour que je pusse remarquer les charmes de sa figure et ceux de son esprit.

Mais, te le dirai-je, Charles? un moment d'entretien avec cette jeune et
belle personne fit naître en moi un
trouble inexprimable et que jamais
encore je n'avais éprouvé. Ce n'était
pas ce sentiment tendre et délicat qui
auprès de ma Cécile me remplissait
d'une douce et rêveuse volupté, c'é-
tait au contraire une sensation brûlante et rapide, une idée vague semblable au désordre de l'ivresse. Hélas!
Charles, mes premières et uniques
amours ne sont point le fruit des passions de notre âge ni d'une séduction d'autant plus dangereuse qu'elle
nous trouve désarmés et dans l'inex-
périence. Mais à cet âge où l'on s'i-
gnore soi-même, où la pureté de nos
pensées égale la sincérité de nos affections, j'aimai Cécile comme une
sœur que la Providence, dans le triste
abandon où j'étais, me donnait pour
m'aider à supporter la vie. Je ne

pouvais donc apprécier au premier
moment tout ce que le sentiment nouveau auquel je me livrai, avait d'imprudent et de passionné. Athénaïs est
si belle, si séduisante ; il y a une telle
puissance dans ses regards, dans le
son harmonieux de sa voix, qu'égaré
par la profonde impression qu'elle fit
sur moi, je m'abandonnai tout entier
au désir de lui plaire. Oui, je voulus
lui faire partager le trouble de mes
sens, soit que je n'écoutai qu' l'aveugle et impérieux instinct dont la sympathie s'étend à tous les êtres créés ;
soit que je trouvasse quelque bonheur
à jouir de la défaite d'une femme al-
tière dont le mépris avait pesé sur
mon cœur ; soit enfin, Charles, et
c'est à toi seul que peut s'adresser un
aveu de ce genre, soit enfin, dis-je,
que j'eusse remarqué dans Athénaïs
des signes favorables à mon triomphe.
Sa rougeur subite quand je paraissais

devant elle, le tremblement léger qui
agitoit ses lèvres quand je parlais, l'inquiétude peinte dans ses yeux humides
quand elle m'adressait la parole, tout
semblait m'annoncer que la fière Athénaïs n'avait plus d'indifférence pour
moi. Maintenant, Charles, que des
preuves moins vagues sont venues
confirmer mes folles espérances, ce
n'est pas sans remords que je songe
à la déception cruelle que je lui ré-
servais. Et cependant je ne lui ai
point dit que je l'aimais, je n'osais me
l'avouer à moi-même, et la première
fois que cette pensée vint frapper mon
esprit, l'image adorée de Cécile, semblable à un doux rayon du soleil de
printemps, dissipa les nuages qui
étaient tombés sur mes yeux.

J'arrive, mon cher ami, à la partie
la plus triste et la plus pénible de l'a-
veu que je t'ai promis. Comment se
fait-il que Cécile et Athénaïs, en sup-

posant même que l'attrait qui m'en-
chaînait à cette dernière ne fût qu'une
illusion légère et momentanée, comment se fait-il que le souvenir de ces
deux femmes charmantes ne m'ait pas
mis à l'abri d'une autre séduction inconcevable, et à laquelle j'ai succombé? Charles, c'est un secret de la nature, une preuve de la bizarrerie et du
caprice des passions ; mais quel que
soit l'objet de notre amour d'un instant, quelle que soit la cause de nos
erreurs, cet objet a droit à une sorte
de respect qu'un libertinage effronté
peut seul fouler aux pieds. Le malheureux jeune homme qui cède à ses
passions et qui devient la proie d'une
femme dont les mœurs outrage-
raient la dignité de son sexe, descend
au-dessous d'elle, quand il ose, li-
vrant son nom à la malignité publique, l'abandonner ainsi à la honte et
au mépris. Il commet alors une in-

fâme lâcheté; car c'est se dégrader
soi-même que d'avilir celle qui fut la
complice de nos faiblesses. Je n'en-
trerai donc dans aucuns détails au
sujet de ma dernière faute, je ne t'en
nommerai point l'objet, c'est moi
seul que j'abandonne au jugement de
ta généreuse amitié. Enfin je me suis
promptement arraché à la funeste influence qui trompait ma raison et mes
sens, j'ai revu le toit solitaire et sacré
où le plus vertueux des hommes s'ap-
pliqua à élever ma jeunesse dans des
principes que je venais de violer et de
méconnaître. Lorsqu'il entr'ouvrit ses
bras tremblants pour m'appeler à lui,
je me précipitai sur le cœur paternel
qu'animent les plus beaux, les plus
purs sentiments de l'humanité; malgré moi j'y déposai quelques pleurs,
je baisai avec respect ses cheveux
blancs, et il me semblait que je re-
couvrais le calme de ma première in-

nocence. J'ai revu au sein de sa famille celle que j'aimerai désormais
sans partage; oui, Charles, je me
suis jeté à ses pieds, j'ai essuyé ses
larmes, je lui ai tout avoué. O mon
ami, quelle enivrante douceur la nature n'a-t-elle pas mise dans l'amour
véritable! Si tu avais vu Cécile au moment où, après une longue absence,
je reparus tout-à-coup devant elle....
il faut renoncer à peindre ce qu'on
ne peut éprouver qu'avec toutes les
forces de son âme? Le croirais-tu,
Charles? il est dans l'amour une im-
pulsion secrète et d'une étrange puissance qui semble nous initier à toutes
les actions les plus cachées de l'objet
qui l'a fait naître; notre imagination
obéissante réfléchit pour ainsi dire avec
une fidélité souvent cruelle les pensées même de l'être qui nous est cher.
Cette mystérieuse sensation est surtout le partage des femmes. Serait-ce

que leur amour, plus vif, plus absolu que le nôtre, concentrant en lui-même toutes les facultés de leur âme, leur donne ainsi cette étonnante propriété ? Quoi qu'il en soit, Charles, la pauvre Cécile était peut-être moins affligée de mon absence que du triste pressentiment qu'elle lui inspirait. Maintenant je suis auprès d'elle, je la vois chaque jour, nous avons repris nos douces occupations; la musique et la littérature embellissent les instants que nous dérobons à l'amour..... bientôt mon bonheur sera parfait.

Te voilà bien loin de moi, Charles, au milieu d'une ville immense, et t'occupant sans cesse de ton ami coupable mais repentant. Avec quelle impatience j'attends ta première lettre! Je n'ai rien dit ici du sujet de ton long voyage ; si, comme tout me le fait espérer, la reconnaissance de mes

droits ne donne lieu à aucune dif-
ficulté, c'est quand j'aurai conduit
Cécile à l'autel qu'elle connaîtra
seulement tout ce que je dois à ta
vive amitié. Adieu.

N° IX.

Athénaïs à Edouard.

Mon père m'assure, Monsieur, que
je puis exercer sur vous quelque influence, et vous décider à ne plus
fuir des personnes qui recherchent
votre société avec tant d'empressement et un si véritable intérêt. Mon
père est dans l'erreur; mais je dois
lui obéir. Je n'ai que trop acquis la
preuve que je n'ai aucun droit à espérer d'être plus heureuse que lui.
Cependant, Monsieur, si j'ai oublié
naguère pour vous la sage réserve
imposée à notre sexe, me serais-je
trompée en comptant sur votre gé-

nérosité? Non , cela est impossible ;
et si je vous engage au nom de mes
parents à venir le plus tôt possible au
château, je ne recevrai pas un hu-
miliant refus en échange de ma con-
descendance..... Hélas! Monsieur,
je ne puis résister à une volonté plus
forte que la mienne, et ces froides
lignes que je viens d'écrire n'ont
point été dictées par mon cœur. Monsieur Édouard, venez, au nom du
ciel ! venez m'expliquer les dernières paroles que vous prononçâtes
en me quittant ; le repos de ma vie est
entre vos mains.

N° X.

Charles Mortel à Édouard de Crossey.

Absolvo te, mon cher Édouard, et
que peut dire de plus rassurant à un pé-
nitent timoré un confesseur comme
moi, qui aurait de belles choses à t'a-

vouer s'il suivait à la lettre le principe
de l'évangile : confessez-vous les uns
aux autres? Si je suis heureux de la
confiance que tu as eue en moi, je le suis
encore bien plus d'apprendre qu'enfin redevenu toi-même tu es à l'abri
de ce que nous autres mauvais sujets
nous appelons les bonnes occasions.
Et pourtant, Édouard, j'éprouve
encore un autre genre de satisfaction, car il n'est que trop vrai, comme
l'a dit un de nos plus célèbres mora-
listes, qu'il y a toujours dans le malheur d'un ami quelque chose qui ne
nous déplaît pas. En effet, ta chute
m'a prouvé combien l'entraînement
est naturel à la jeunesse; je n'ai pas
été fâché qu'avec ton air grave et tes
principes un peu puritains, tu m'aies
le plus innocemment du monde en-
levé le cœur de deux femmes charmantes. En raisonnant, d'après cela,
dans un sens contraire, je tire de

cette circonstance remarquable la conséquence naturelle qu'il n'est pas impossible de me voir un jour renoncer
à la vie de garçon, ce que je me
souhaite de tout mon cœur.

Mais laissons là ces plaisanteries,
qui pourraient paraître à tes yeux des
récriminations que je n'ai pas l'intention de faire; *absolvo te*, je te le
répète, mon cher Édouard; cependant il y a dans ce que tu appelles tes
erreurs quelque chose qui m'intéresse
vivement, et qui me force à revenir
sur divers passages de ta lettre. Mais
faut-il te le dire encore? ne soumets
pas ma lettre à une sorte de décom-
position de mots, comme un logo-
griphe, pour y chercher la moindre
trace de reproche; je réponds à ta
confiance par la mienne, et c'est ainsi,
je le crois, que doivent agir des hommes qui s'aiment et qui s'estiment.

C'est à Paris, du temps où j'appre-

nais joyeusement le digeste et le code
civil, sans y comprendre beaucoup
d'autres sciences non moins estima-
bles, que je fus présenté à la famille
Des Marais, et par conséquent à mademoiselle Athénaïs, qui est comme
la troisième personne de cette trinité
humaine. Le général recevait beaucoup de monde, je fréquentais assi-
dument sa maison, où je trouvais de
nombreuses occasions de m'instruire
et de jouer à l'écarté. Il était alors
question du voyage en Dauphiné, mais
le général ne pouvait décider sa fille
à l'accompagner dans sa terre de Crossey. Mademoiselle Athénaïs, qui avait
lu tous les romans de Walter Scott,
nous faisait l'honneur, à nous pauvres
montagnards, de nous confondre avec
les Highlands de la froide Calédonie.
Vainement lui répondait-on que nos
paysans portaient des culottes, et que
nous avions des procureurs du roi qui

ne leur permettraient pas d imiter les
gentillesses de Rob-Roy ; elle n'aimait les montagnes et les torrents que
dans les esquisses de son professeur
de paysage. Enfin, mon ami, je parus
devant cette noble et fière châtelaine
qui avait entièrement perdu la petite
part de bon sens dauphinois que peut
réclamer son illustre père. Elle était
l'objet des plus basses flatteries ; on savait que c'était une riche héritière, et
elle ne pouvait manquer d'avoir en partage toutes les grâces des nymphes de
l'Albane , tout l'esprit des Musesro-
mantiques qu'on adore à Paris. Il eût
été maladroit de faire tout-à-coup de
l'opposition avec ces courtisans, et je
sentis que, pour m'en faire remarquer,
il fallait encore les dépasser par l'exa-
gération de mes louanges. Bientôt je
devins au moins certain qu'elle m'é-
coutait avec plaisir ; alors je lui par-
lai de notre pays avec cet enthou-

siasme qu'inspirent le souvenir et le
patriotisme. J'allai jusqu'à comparer
Athénaïs à ces belles fleurs élevées
dans une serre, et dont les couleurs
éclatantes, mais légères, ne peuvent
supporter le moindre orage, et qui,
languissantes avant l'arrière-saison,
se penchent à demi effeuillées sur leurs
tiges affaiblies. J'opposai à cette poétique, j'allais dire ridicule image des
beautés de la capitale, celle d'une
noble fleur des montagnes, qui, brillante et vigoureuse, résiste aux tem-
pêtes de l'automne, et ne semble céder qu'à regret au souffle destructeur
de l'hiver. — Oh! venez, lui disais-je,
venez sous ce climat créateur, où des
émotions nouvelles, des inspirations
délicieuses viendront s'emparer de
votre esprit et de votre imagination.
Ne croyez point, au reste, que la civi-
lisation s'arrête aux barrières de Paris;
vous trouverez dans nos contrées une

urbanité préférable à la politesse
menteuse des salons, de l'esprit moins
subtil, moins facile dans son expression, mais quelquefois aussi aimable et toujours plus raisonnable et
plus cultivé.

Enfin, Édouard, je t'épargne les
autres belles choses qui me furent
dictées par les circonstances, et
qui contribuèrent, du moins j'ose
m'en flatter, à endormir, sinon à vaincre entièrement les scrupules d'Athénaïs. J'affirme cependant à ma gloire
qu'en bon et loyal Dauphinois je prou-
vai à Athénaïs qu'à cent cinquante
lieues de Paris, ou plutôt du faubourg
Saint-Germain, on s'avisait de n'être
pas tout-à-fait des brutes, comme
dans le temps de féodale mémoire où
nous étions pour la plupart corvéa-
bles et taillables à merci. Je m'abusai
au point de croire que je l'avais emporté dans son cœur sur ses nombreux

soupirants, en prenant une marche différente, car je m'amusai souvent à n'être point de son avis, et à fronder la plupart de ses goûts. Tu as entendu, au bal de M. le préfet, un échantillon de ma galanterie, mais ce soir-là je m'aperçus avec effroi pour les vagues projets de mon amour que son esprit, sans doute préoccupé d'un autre objet, dédaignait de me combattre.

J'ai prononcé le mot d'amour, Édouard, et tu vois que, comme *le fou qui vend la sagesse*, il faut se défier de mes avis ; mais puisque ce mot fatal est prononcé, et que, pour donner suite à ma métaphore, tu tiens en main le fil qui te préserve de ma raison, il faut bien que je rende mes aveux plus complets. Oui, j'aimais Athénaïs, et je crois que je l'aime encore, puisque ta lettre, qui ne m'apprenait rien de nouveau, m'a pour ainsi dire affligé. Je me hâte cepen-

dant de te déclarer que mes passions,
à moi, quelque vives qu'elles puissent
être, seront toujours tempérées par
mon caractère, au fond duquel il y a
quelque chose de moqueur pour toutes
les faiblesses humaines. Ainsi donc,
mon cher Édouard, si je n'étais profondément convaincu que les premières affections de ta jeunesse sont
celles qui seront les plus durables dans
un cœur comme le tien, je n'hésiterais
pas à te sacrifier ce que j'appelle mon
amour. Oui, crois-moi, Athénaïs
n'est point la compagne qui te con-
vienne; il y a en toi des qualités émi-
nentes, sans parler des avantages ex-
térieurs que tu dois à la nature, qui
ont dû séduire Athénaïs; mais cette
mélancolie rêveuse, cette sensibilité
profonde, cette ardeur de dévouement
et de générosité qui font presque de toi
un de ces êtres inexplicables et poé-
tiques dont la société actuelle ne peut

supporter la supériorité, te rendraient
malheureux avec une femme que ton
imagination vive t'a soumise, et qui
n'a point un cœur pour te comprendre. Pour moi, Édouard, la morgue
aristocratique d'Athénaïs, son caractère capricieux et léger, dont une éducation imparfaite rend maintenant la
guérison difficile ; ces défauts, dis-je,
ne m'épouvantent point. Je ne te dirai
pas mon secret en te faisant connaître
les moyens que j'emploierais pour
faire d'Athénaïs la simple et digne
compagne d'un avocat ; mais je prends
sur moi cette responsabilité, et je lui
écris par ce courrier.

J'imiterai ton silence au sujet du
second chef de ta confession, bien
que si tu étais un homme ordinaire il
eût servi de texte principal à cette
lettre. Et pourquoi, mon cher Édouard,
te rappellerais-je une folie, que, d'après
les expressions dont tu te sers, je juge

4. 2.

que tu as eu le tort de prendre au sérieux? Dans les beaux jours de l'été,
Édouard, des éclairs brillants sillon-
nent l'horizon, et ne sont point suivis
de la foudre ; c'est ainsi que dans l'âge
des passions nous devons nous estimer
heureux quand leur fougueux entraînement n'a pour nous d'autres suites
que quelques heures de plaisir ou
d'égarement : choisis entre ces deux
épithètes.

Ton avenir, Édouard, est désormais
fixé, et j'ai acquis l'heureuse certitude que tes droits seront bientôt of-
ficiellement reconnus. Quelle sera ma
joie quand, dans un âge plus avancé,
je me souviendrai de mon second
voyage à Paris!... Mais, comme le
disent les romanciers, n'anticipons
pas sur les évènements; et compte
toujours, mon cher ami, sur toute mon
activité pour accélérer le moment qu
doit combler tes vœux. Ce n'est pas

sans une vive émotion, mon ami,
que j'ai revu cette ville immense, où,
dans la première ardeur de ma jeunesse, je voulus goûter de tous les plaisirs, et juger, au moins par le contact,
du genre de bonheur départi à toutes
les positions sociales. L'habitant in-
digène de cette grande cité est simple,
bon et crédule, et ce ne sont point
ses mœurs, mais celles de sa popula-
tion mobile et flottante, qu'il faut y
venir étudier. Rien n'est changé, mon
cher Édouard, et la capitale de la
France, à quelques nuances près, m'a
présenté le même tableau. J'ai vu nos
prétendus députés ne s'occupant que
des intérêts de leurs familles, souples
et faciles devant le pouvoir, luttant
de servilité et de bassesse, et prêts à
déchirer le pacte en vertu duquel ils
sont appelés à donner des lois à notre
malheureux pays (1). Je gémis de là

_____

(1) Il est sans doute inutile de rappeler au lecteur

dire, mais il n'y a pas dans la chambre
héréditaire beaucoup plus de sympathie pour les intérêts du pays, malgré
les louanges hypocrites et exagérées
qu'on s'amuse à donner dans les jour-
naux à cette assemblée, qui, réunion
bizarre des célébrités de la révolution,
de l'empire et de la restauration, ne
me rappelle à moi que le parlement
croupion de Cromwell. Les Français
ont de tout temps adoré les noms, et
il est curieux de voir ceux de nos no-
bles pairs qui sont écrasés aujour-
d'hui sous les titres qu'une renommée
chevaleresque accompagne dans nos
annales. L'hérédité est sans doute une
bonne chose, et je ne m'avise pas d'é-
crire le contraire ; mais il faut avouer
qu'elle fait souvent de singuliers lé-
gislateurs. Au reste, notre aristocra-

_____

que les observations sévères de Charles Moretel ne
peuvent s'appliquer qu'à la chambre du ministère
déplorable.

tie en peinture est peut-être comme
les vins généreux, elle a besoin de
vieillir; et si Dieu lui prête vie, nos enfants s'arrangeront avec elle. Pour le
moment, il y a bien des choses à dire.
J'ai eu l'occasion de revoir un de nos
anciens condisciples, fils d'un comte
et d'un ministre de l'empereur, et qui
vient d'hériter d'un siége à la chambre haute. Le pair dauphinois a toute
l'insolence de son noble prédécesseur;
mais comme il n'a pas son cynisme
de dévouement à la tyrannie, on l'accuse d'être libéral, et, en vérité, ainsi
que la pauvre Junie, il ne mérite

Ni cet excès d'honneur, ni cette indignité.

Un hasard dont je m'applaudis m'a
permis d'examiner d'assez près les
traits respectables de notre monarque.
O mon cher Édouard, que de réflexions
m'a inspirées la vue de ce personnage
auguste! Les jours d'orage pèsent sur

ses cheveux blancs, sa noble tête est souvent inclinée sur son sein, comme si le petit-fils de Henri IV, quoique glacé par les ans et une cruelle maladie, s'indignât à la vue des misérables conseillers qui jettent un triste nuage sur sa vieillesse. Quelquefois cependant il paraît triompher de la somnolence douloureuse dans laquelle il est plongé; alors sa tête se relève dans toute sa beauté royale; son œil redevient vif et brillant, il lance autour de lui des éclairs qui rappellent sa haute intelligence et sa volonté ferme et prudente, et il montre encore aux Français le large front des Bourbons qu'entoure l'auréole de l'ancienne gloire nationale et des vieux souvenirs du pays. Le peuple l'aime, et il respectera la mémoire d'un prince qu'on a si cruellement trompé dans des jours de souffrance pour lui arracher des lois contraires à ses promesses royales. La

foule, inquiète et affligée, erre autour
de son palais ; elle y vient pour s'informer de la santé du roi, dont l'état
est chaque jour plus alarmant. Si
Louis XVIII pouvait entendre les plaintes qui sortent de ces groupes désolés,
sans doute il ferait un effort surnaturel pour retirer son pouvoir aux
indignes ministres qui en abusent.
Puisse du moins cette leçon n'être pas
perdue pour son successeur ! mais
comment l'espérer ? La vérité qu'on a
si habilement cachée au prince mourant pourra-t-elle se faire jour assez
tôt devant le trône de son héritier ?
Dieu bénisse le roi à qui la France
doit la Charte !

Cette lettre est bien longue, mon
cher Édouard, et je n'ai pu encore
t'exprimer qu'une faible partie des
idées qui m'assiègent ; mais ces dernières lignes ont jeté dans mon esprit
je ne sais quel sentiment grave et mé-

lancolique qui ne me permet pas d'y
ajouter d'autres mots que ceux où tu
n'as pas besoin de trouver l'assurance de ma vive et sincère amitié.

N° XI.

Charles Moretel à mademoiselle Athénaïs.

N. B. Cette lettre se trouvait jointe à un billet de
Charles pour le général, dont le contenu, comme
nous l'avons jugé en dernier ressort, n'était pas de
nature à intéresser le lecteur.

MADEMOISELLE ,

J'écris à Monsieur votre père au sujet d'une affaire qui lui est personnelle,
et dont j'ai eu l'occasion , pendant
mon séjour à Paris, de recueillir des
nouvelles importantes ; si je me trouvais heureux de lui avoir été agréable
dans cette circonstance , ce serait surtout dans le cas où elle me ferait pardonner la liberté que je prends de
vous écrire. Mon brusque départ de

Grenoble commandé par de graves
intérêts ne m'a pas permis de vous
présenter mes hommages à cette occasion, et de prendre vos ordres pour
Paris. Oui, Mademoiselle, je suis
dans cette capitale de la France qui
fut souvent l'objet de vos regrets. Le
souvenir de ses fêtes brillantes, de
ses réunions piquantes, de ses plaisirs variés, vient souvent, je le sais,
troubler la douce tranquillité dont
vous devriez jouir dans nos chères
montagnes. Aussi je me garderai bien
de rien vous dire qui puisse augmenter en vous cette disposition d'esprit
dont l'heureux climat du Dauphiné
ne paraît pas encore vous avoir guérie.
Dussiez-vous rejeter avec ce sourire
du dédain qui s'allie si bien aux grâces un peu fières de votre personne,
la lettre d'un de vos plus sincères ad-
mirateurs, je ne me propose pas de
vous parler de la nouvelle forme des

4. 3

chapeaux, ni de vous entretenir de l'immense révolution qui vient de s'opérer dans les manches à gigot. Je me bornerai à vous faire observer à cet égard que les Françaises, si aimables, et si favorisées par la nature, font tout ce qu'elles peuvent pour cacher sous un nuage de modes ridicules les formes enchanteresses qui les distinguent.

Peut-être, Mademoiselle, me pardonnerez-vous cependant cette préoccupation inouïe dans un homme qui fut toujours comme moi soumis avec un profond respect aux caprices du beau sexe, et qui se montra constamment l'admirateur passionné de ses plus frivoles sentiments, quand vous saurez que j'ai des nouvelles à vous donner d'une jeune personne, votre amie de pension, que j'ai rencontrée dans le monde. Oui, Mademoiselle, j'apprécie trop bien les excellentes qualités de votre âme pour n'être pas certain d'avance du plaisir que vous éprouverez en apprenant l'établissement de mademoiselle Eugénie de Létrange, maintenant madame Dolbert. Je ne suis pas habile, et je n'ai pas su amener avec art la surprise que je vous ménageais, ce qui est impardonnable dans un avocat, qui, en vous écrivant, Mademoiselle, et en vous parlant de cet événement, s'est proposé un dessein que sans doute vous n'approuverez pas.

Mademoiselle Eugénie vous avait confié les secrets de son amour; madame Dolbert a bien voulu me faire part de son bonheur. Elle aimait passionnément, vous le savez, un jeune officier supérieur de la garde, personnage honorable sous tous les rapports, et qui donne les plus brillantes espérances. Votre amie s'était abandonnée sans réserve aux charmes trompeurs de

cette première passion ; le beau comte
de V.... était l'objet continuel de ses
pensées. Elle l'aimait, elle l'adorait
avec cet enthousiasme et cette pureté
de sentiments qui, dans l'âge des erreurs et des passions, nous font croire
qu'une première inclination doit décider du destin de notre vie. Peut-
être le comte, que son grade de capi-
taine de grenadiers ne rend pas très
difficile à séduire par une jolie femme,
céda-t-il d'abord à un premier entraînement que la beauté d'Eugénie rendait au reste fort excusable. Elle
pouvait donc se croire aimée ; mais
le comte est honnête homme ; et, jâ-
geant qu'une liaison avec mademoiselle de L'Étrange ne pouvait être ni
superficielle, ni coupable, il cessa
tout-à-coup de la voir. Est-il maintenant besoin de vous apprendre, Mademoiselle, que le comte était en-
gagé à une autre personne, née dans

un rang plus obscur, il est vrai, que la belle Eugénie, mais à laquelle l'attachaient irrévocablement des souvenirs de jeunesse et une longue et douce intimité? Il est sur le point de l'épouser.

Dans ces circonstances, Eugénie s'abandonna au plus violent désespoir... Je m'arrête, votre cœur vous retracera avec plus de fidélité et d'éloquence que je ne pourrais le faire moi-même les tourments qui déchirèrent votre amie. Cependant elle ignorait qu'elle était tendrement chérie, depuis long-temps, par M. Dolbert, fils d'un notaire de Paris, et qui suit avec distinction la carrière du barreau. Lui, n'ignorait point la passion qu'Eugénie nourrissait pour un autre, et dès qu'il la vit malheureuse, il vainquit sa timidité et fit connaître ses sentiments. On lui répondit d'abord par des larmes; mais Dolbert

était aussi généreux que véritablement
épris ; bientôt ses consolations devin-
rent nécessaires, on se rappela une
foule de circonstances dans lesquelles
son amour respectueux et tendre s'é-
tait déclaré par des soins , des préve-
nances qu'un cœur plein d'un autre
objet avait pu seul méconnaître. Je
vous ai dit trop tôt, Mademoiselle,
quelle fut la suite d'un évènement si
triste d'abord pour votre Eugénie;
maintenant madame Dolbert est la
plus heureuse des femmes.

Hélas ! Mademoiselle, je prévois l'effet que cette anecdote a pu produire
sur vous ; pardonnez-moi le chagrin
que je vous cause ; je tremble moi-
même en songeant aux conséquences
de la démarche que je fais en ce moment ; mais le sort en est jeté, il faut
vous perdre ou vous mériter. Athénaïs, je sais tout:... vous n'êtes point
aimée, du moins comme vous avez

pu penser que vous l'étiez. Et moi...,
non, je n'achèverai pas; mais si
le bonheur de votre amie pouvait vous
tenir lieu d'un amour sans espoir,
j'oserais vous l'offrir, et je sens dans
mon cœur que je tiendrais ma promesse. Je suis, etc.

N° XII.

Edouard de Crossey à mademoiselle
Athénaïs.

Le croirez-vous, Mademoiselle, et
pourrez-vous jamais me le pardonner?
En lisant une lettre que j'aurais dû
couvrir de baisers, en parcourant ces
lignes palpitantes d'une émotion qui
aurait dû me plonger dans le délire
de la joie, c'est un profond sentiment
de douleur qui a brisé mon âme...

Maintenant que cet aveu cruel est
sorti de ma bouche, daignez prendre
en pitié, Mademoiselle, la situation

pénible dans laquelle me placerait
une plus longue correspondance sur
un sujet que l'honneur m'interdit.
Oui, telle est la bizarrerie de ma destinée, que je me vois forcé de solliciter
votre haine comme un bienfait, et
'exciter contre moi votre juste indi-
gnation. Au lieu de voler près de vous,
de me jeter à vos pieds, de presser
contre mes lèvres la main adorable
qui a tracé l'écrit auquel je réponds,
je persiste dans une résolution qu'au-
cunes convenances, qu'aucun pouvoir
humain ne peuvent désormais changer. Je ne vous verrai plus...

Loin de vouloir justifier ma conduite à vos yeux, je désire que vous
l'envisagiez sous le jour le plus odieux;
et cependant, hélas! si je renonce au
bonheur que vous m'avez fait entrevoir, ce n'est pas sans regret que je
perdrais votre estime. Oh! pourquoi
donc employer un détour aussi in-

digne de vous que de moi? La vérité, Mademoiselle, sera ma plus sûre excuse, et protégera plus mon souvenir auprès de vous que le moyen qui pourrait blesser votre fierté, comme il répugne à la mienne.

Je ne vous verrai plus, Mademoiselle, parceque l'honneur de solliciter votre main ne m'est plus permis. Votre beauté, vos talents, votre esprit sont dignes d'un cœur libre, et méritent un amour sans partage. Mais comment résister au charme de vos regards, au prestige harmonieux de vos paroles?... serait-ce moi, dont l'imagination exaltée par la solitude et l'infortune s'enflamme à l'aspect de tout ce qui est beau, de tout ce qui semble même ne pas dédaigner le malheureux qui en est doué? Non, Mademoiselle, je ne vous ferai pas cet outrage, je succomberais sans doute, je vous aimerais;... et, bientôt rappelé

à moi-même par le sentiment du devoir, je me rappellerais quel cœur
tendre et pur ma légèreté coupable
aurait trahi. N'en doutez pas, Mademoiselle, le sentiment que j'éprouve
pour une autre que vous est si sincère
et si profond, que je n'hésiterais pas
à lui sacrifier toute espérance de bonheur qui ne viendrait pas de lui.

Je sens, Mademoiselle, tout ce qu'il y
a d'étrange, d'inconvenant même dans
ce langage, qu'un homme ose vous tenir sans doute pour la première fois; et
je dois abréger pour vous comme pour
moi une situation qui n'a pas d'exemple. Oubliez donc, Mademoiselle,
que le hasard nous a jamais réunis;
oubliez que j'ai pu vous voir et vous
entendre sans mourir à vos pieds d'a-
mour et de félicité. Un jour, si ma
franchise, qui recevrait dans le monde
un tout autre nom, ne m'a point ravi
votre estime, j'irai vous demander un

sentiment moins vif, mais plus pur et plus durable que l'amour. Recevez, etc.

N° XIII.

Athénaïs Des-Marais à Charles Moretel.

Je vous remercie, Monsieur Charles, je vous remercie du fond de mon cœur de l'intention bienveillante qui a dicté votre lettre ; que ne puis-je la reconnaître autrement que par ces simples mais sincères témoignages de ma gratitude ! Vous savez tout, dites-vous, Monsieur Charles, et je ne suis point aimée !... Cruelle vérité qui m'accable, et dont je me plais encore à douter. Mais, hélas ! si je m'applaudis de savoir heureuse une de mes plus chères amies, combien je trouve loin de la vérité le rapprochement que vous avez voulu faire entre nos positions ! Non, Monsieur, ce n'est point

avec mon imagination que j'aime,
c'est avec mon cœur. Oh! comment
puis-je écrire ces lignes! comment ma
main ne se refuse-t-elle pas à retracer
une pensée qui devrait être un secret
pour l'amitié la plus intime!... Et
vous dites que mon Eugénie est heureuse!... ma tête se perd, que suis-je
devenue?... Je suis dans les angoisses
de l'attente, entre l'espérance et le
désespoir. Monsieur Charles, je suis
bien à plaindre, et cependant je suis
tranquille sur le jugement que vous
devez porter de moi. Puisque vous le
connaissez, vous savez s'il mérite
d'être aimé, vous savez si le parjure
fit jamais rougir son noble front, si
jamais le mensonge souilla ses lèvres... Eh bien! il me semble que dans
un moment... O Dieu! qu'allais-je
dire? non, il n'a point parlé; mais
ses yeux... ses yeux si tendres et si
fiers étaient plus éloquents que des

paroles ! Me serais-je donc abusée ?...
Oh ! laissez-moi , laissez-moi cette
erreur que je ne puis arracher de mon
cœur... Il me reste encore une espérance : fragile roseau sur lequel s'ap-
puient toutes les affections, toutes les
pensées humaines , bientôt peut-être
seras-tu brisé pour moi?... Une lettre
de lui !... pardonnez-moi , Monsieur
Charles, je ne m'étais donc pas trompée. . . . .

Je l'ai lue !... Monsieur Charles ,
que n'êtes-vous près de moi ! combien
j'ai besoin de vos conseils... que va
devenir Athénaïs?

N° XIV.

Athénaïs à Edouard.

Suis-je assez humiliée !... J'ai perdu
tout espoir de me relever, même à mes
propres yeux. O Monsieur ! quelle
épithète attacher aux lignes fatales.

que j'efface avec mes pleurs !... avec
mes pleurs, Édouard; ce mot, qui met
le comble à ma honte, à ma douleur, vous exprime aussi toute ma
faiblesse, et la rougeur qui couvre
mon front en ce moment venge mon
sexe et la pudeur que j'offense en le pro-
nonçant; mais au sein de l'égarement
où je suis plongée, je trouve du moins
une audace et un courage qui m'aident
à supporter ce qu'il y a de pénible et
d'avilissant dans ma position. Ah! je
le sens, c'est la fièvre du désespoir
qui me saisit et qui m'agite; raison,
devoir, convenance, j'oublie tout en
ce moment: je vous aime, Édouard,
oui, je vous aime, et je crois trouver
mon excuse dans ma faute même.

Plus je relis votre lettre, votre lettre
cruelle, moins je puis être convaincue
de la triste réalité de mon sort. Mais
c'en est assez, Monsieur, malgré l'effrayante altération de ma raison, je

conçois encore que, loin de vous attendrir, les expressions irréfléchies de
la douleur d'une femme ne peuvent
qu'ajouter au sentiment qui vous éloi-
gne d'elle ; et cependant il y a au
fond de ce cœur dont vous méprisez les
souffrances, il y a une pensée vague
qui ressemble encore à l'espérance.
Oh ! qu'elle doit être heureuse et fière
celle qui reçut vos premiers vœux,
celle à qui vous sacrifiez le repos de
ma vie ! elle ne pourrait me voir sans
me plaindre, à cette heure où, les yeux
mouillés de larmes, les cheveux en
désordre, le visage pâle et contracté
par la fièvre, je vous écris d'une main
tremblante ! Écoutez, Édouard, la
justice sanglante des hommes semble
un moment déposer sa farouche insensibilité quand le coupable est sur
le point de subir le supplice auquel
il a été condamné, quand ce supplice
est mérité, qu'il paraît trop doux pour

son crime; serez-vous plus impitoya-
ble qu'elle? Il faut que je vous voie,
ne fût-ce qu'un instant, il le faut! je
m'abandonne à votre probité, à cette
vertu sévère empreinte dans tous vos
traits. Ce soir, quand des regards dont
le tendre intérêt m'épouvante maintenant ne pourront plus se diriger
sur moi, soyez au bout du parc dans
l'avenue qui avoisine le pré des Sar-
rasins; ne me refusez pas ce dernier
entretien... la loyauté de votre caractère me rassure contre cette crainte...
Ce soir donc vous m'y trouverez!...

N° XV.

Charles Moretel à Edouard de Crossey.

Victoire! mon cher Édouard, victoire!... tu es l'un des premiers in-
demnisés dont les titres aient été ad-
mis, et j'ai la certitude de posséder
ce soir l'acte qui règle définitivement

la quotité de tes droits. Je t'épargne, mon ami, le long récit de mes més- aventures ministérielles ; on n'est plus reçu qu'en petit collet chez les dis- pensateurs de la fortune d'un peuple libre, ce qui n'empêche pas les grands et les petits hypocrites de crier tous les jours à l'impiété du siècle qu'on leur livre avec une si coupable inso- lence. Que d'humiliations, de refus, de démarches inutiles recommencées cent fois n'a-t-il pas fallu faire pour arriver à cet heureux résultat ! J'avais besoin de penser qu'il s'agissait de l'avenir d'Édouard pour dévorer en silence l'impertinente hauteur de la buraucratie ministérielle. Dieu soit loué ! tout est fini ! Bientôt ton fidèle mandataire ira te rendre compte de sa conduite, et te féliciter d'un évè- nement qui te rend à l'aisance dont tu étais privé. Prends donc des laquais, des chevaux, un carrosse, fais le grand

4.   5.

seigneur en un mot; mais conserve une place dans ton cœur à celui qui te pressera dans quelques jours contre le sien.

~~~~~~

CHAPITRE XVII.

La jeune malade.

Il existait jadis, à l'extrémité du parc de Crossey, une fontaine célèbre dans les contes de la veillée, plus célèbre encore dans la mémoire traditionnelle des vieilles femmes de l'endroit. Avec le secours de Geneviève Besson, il nous eût été facile d'en raconter la légende à nos lecteurs, et de la lier, au moyen d'une prophétie mystérieuse, aux simples évènements dont nous nous sommes fait historien; mais, depuis la révolution, les restes de la superstition de nos ancêtres qui avoisinaient la *source de la Folle*, comme on appelait cette fontaine, avaient entièrement disparu.

Deux statues en marbre blanc, dont l'une représente le Silence, et l'autre le Mystère, ont remplacé les images des saints ; mais, malheureusement et par une préoccupation inconcevable, l'artiste chargé d'exécuter cet agreste monument s'est imaginé de reproduire le Silence sous les traits d'une femme. Malgré cette faute impardonnable, la fontaine n'a rien perdu du charme pittoresque et romantique qu'elle doit à sa situation. Un vieux saule pleureur, emblème de la mélancolie, couvre de son ombre rêveuse les eaux limpides de la source. Ses branches longues et flexibles, recourbées en cerceaux de verdure, forment une voûte délicieuse au-dessus du banc demicirculaire pratiqué dans le revêtement en maçonnerie de la fontaine.

Tel était le lieu vaguement indiqué dans la dernière lettre d'Athénaïs à

Édouard. Il est nuit!... L'astre si fré-
quemment invoqué par les héros de
romans, les poètes et les voleurs, la
lune, puisqu'il faut l'appeler par son
nom vulgaire, promène lentement sa
blanche lumière dans un ciel bleu
parsemé d'étoiles, et ses paisibles
rayons tombent sur le paysage déjà
décrit dans les premières pages de
cette histoire. Un vent frais, mais timide et léger, soulève avec peine les
feuilles tremblantes du mûrier et de
l'églantier. De temps en temps seulement, en cherchant à se faire jour
au travers des branchages plus touffus
de quelques arbustes, ses raffales ir-
régulières font entendre un bruit semblable à un gémissement humain.
Les aboiements de quelques dogues,
fidèles gardiens des fermes éparses
dans les campagnes, sont répétés par
les échos, et se perdent dans le lointain.

A cette heure où l'habitant des vallées dauphinoises, peu jaloux du beau spectacle que les pompes du soir déploient dans son pays, étend délicieusement sur sa couche de paille ses membres fatigués par de durs travaux; à cette heure, dis-je, les accords de la guitare, dans des climats plus méridionaux, éveillent à la fois les amours et l'austère vigilance des duègnes et des maris jaloux. O triple Hécate! je ne sais comment tu étais autrefois la déesse de la pudeur, mais je puis attester que, dans notre siècle peu poétique, plus d'une Hélène bourgeoise a profité de ta chaste lueur, comme disait le grand Homère, pour traiter en Ménélas son honnête mari, car il faut avouer que, sous ce rapport, les bonnes gens de la belle France n'ont rien à envier aux princes de la Grèce. Cependant, ô triple Hécate! si je soulève un moment le voile d'argent que tu aimes à jeter sur le mystère des amours, c'est dans des intentions qui ne sauraient effaroucher les pudiques regards.

Un jeune homme, solitaire et pensif, traverse la belle et vaste prairie qui s'étend comme un tapis aux pieds des murs du château de Crossey ; sa tête est découverte, et le vent soulève quelques mèches de cheveux noirs sur son front dont le reflet des rayons de la lune semble augmenter la pâleur. Des paroles vagues et inintelligibles sortent de sa bouche ; sa démarche est grave, mais inquiète et troublée ; il s'arrête souvent, fait un mouvement rétrograde, comme si une pensée nouvelle venait le faire renoncer à son projet ; mais tout-à-coup il continue brusquement sa route en plaçant une main sur son cœur, sans doute pour essayer d'en comprimer les palpitations convulsives. Enfin

Édouard, car le lecteur n'a pu le méconnaître, arrive près de l'ancienne
source de la Folle, et jette autour de
lui des regards indécis en prêtant
l'oreille avec attention.

Il tressaillit en voyant, à la clarté
de la lune, un endroit où tant de fois,
dans son enfance, la vieille Geneviève
lui avait raconté l'histoire de ses ancêtres et les malheurs de sa famille.
Ces récits touchants avaient jeté dans
son cœur le germe d'un vague désir
d'ambition, et avait donné de bonne
heure à ses pensées cette gravité mélancolique que l'ardeur de la jeunesse
n'avait pu modifier en lui. Souvent il
y était venu promener sa rêverie,
quand, s'abandonnant tour à tour à
l'espérance et à l'amertume du dé-
couragement, il essayait de combattre dans son cœur l'amour tendre et
sincère que Cécile lui avait inspiré.
Tous ces souvenirs frappèrent à la fois

son imagination, et il tomba dans une sorte de ravissement extatique auprès de ce gracieux monument auquel la douce lumière de l'astre du soir ajoutait une teinte délicieuse qui échappe à la muse des descriptions.

— Que viens-je d'entendre? s'écria-t-il à voix basse et en frémissant malgré lui ; n'est-ce pas le son d'une voix humaine qui a frappé mon oreille ? Oh! sans doute c'est le bruit du vent, ou peut-être encore n'est-ce qu'une nouvelle erreur de mon imagination. Athénaïs ne viendra pas, je l'espère...

Il se trompait, car dans ce moment il lui semblaque l'une des statues, animée tout-à-coup, était descendue de son piédestal, et lui faisait signe d'approcher d'elle. C'était Athénaïs, qui, vêtue d'une robe blanche, et pâle comme les figures allégoriques de la fontaine, avait devancé Édouard dans ce lieu solitaire. En l'apercevant, elle n'avait pu retenir un soupir profond et douloureux qui avait attiré l'attention du jeune homme ; elle essaya de se soulever sur le banc où elle était assise ; mais , certaine d'avoir été reconnue par Édouard , elle baissa lentement sa main tremblante , et sembla attendre qu'on lui adressât la parole.

— Grand Dieu ! murmura Édouard en s'avançant, comme elle est changée !... Mademoiselle , continua-t-il avec une dignité que trahissait cependant la plus vive émotion, que pouviez-vous attendre d'un entretien si pénible pour tous deux ?... Mais enfin , quelle qu'ait été votre espérance , j'ai dû m'empresser de me rendre à vos désirs.

Sa voix s'éteignit comme un murmure du vent , et Athénaïs cacha sa tête entre ses mains.

— Hélas ! Monsieur , répondit-elle

d'une voix faible après une courte
hésitation, je n'attendais rien, je n'es-
pérais rien. Je vous dois beaucoup
pour ne m'avoir point refusé cette
preuve d'intérêt..., la plus cruelle,
mais la dernière que je puisse implorer de votre bienveillance et de votre
politesse. Je ne le vois que trop au
calme sévère qui règne sur votre front,
vous n'approuvez point cette imprudente démarche.

—Imprudente! sans doute, répliqua Édouard, je ne dois point vous
cacher, Mademoiselle, que je regrette
vivement de n'avoir pu, dans cette
circonstance, immoler à mon devoir
la crainte de vous voir mal interpréter
mes procédés. Mais enfin, si la situation où nous nous trouvons est la
conséquence inévitable d'un hasard
fatal, nous devons en abréger la durée
en terminant promptement une entrevue dont je suis assez malheureux

pour ne voir que les inconvénients.
Oui, Mademoiselle, songez que la
plus légère indiscrétion sur ce qui se
passe entre nous en ce moment,
peut porter atteinte à une réputation
qui, confiée à mon honneur, m'est
plus chère que la vie. La société juge
sévèrement les actions des femmes ;
elle les condamne sans jeter de l'autre
côté de la balance dans laquelle elle
les pèse cet entraînement irrésistible
que l'ardeur des passions imprime à
la jeunesse. Veuillez m'excuser, Mademoiselle, si je vous tiens un langage aussi austère, et croyez bien
qu'il m'est inspiré par le profond désir dont je suis animé, de mériter la
confiance que vous avez bien voulu
m'accorder.

— Oh! quelle amère et froide ironie! murmura Athénaïs dont une
larme brûlante sillonna le visage.
Monsieur de Crossey, si je suis cou-

pable d'imprudence, était-ce à vous à
m'en punir?

— Voilà ce que je craignais, et ce
qu'au prix de tout mon sang j'aurais
voulu éviter, s'écria Édouard avec plus
de chaleur. Il faudra donc que je m'ex-
plique entièrement pour que vous ne
puissiez plus douter de mes intentions. De l'ironie, Mademoiselle! vous
m'accusez de mettre de l'ironie dans
des paroles que m'inspire seulement la
conscience de mon devoir. Mais comment aurais-je le droit de m'en plaindre? notre connaissance ne date point
d'assez loin pour que vous ayez pu
me juger d'une manière plus favorable. Ce dédain injurieux que vous me
reprochez, Mademoiselle, n'appar-
tiendrait qu'à un de ces jeunes fats dont
on apprécie trop souvent les sentiments d'après des manières élégantes
que l'habitude de la perfidie rend si
dangereuses. Mais cette dépravation

coupable peut-elle déshonorer un
cœur long-temps flétri par l'infortune
et l'abandon ? pourrait-elle animer un
homme dont les premières et les plus
belles années de la vie se sont consu-
mées dans la solitude et dans l'oubli?
Loin du monde, qui méprisa ma pauvreté ; étranger à ses usages, à ses
plaisirs, et, j'ose le dire, à ses vices,
je n'ai point été corrompu par le bonheur. La joie d'être aimé, cette joie
enivrante et pure qui procure sur la
terre quelques beaux jours aux malheureux, je n'ai point appris à en
faire un jeu. Les peines du cœur, Mademoiselle, sont pour moi des choses
graves et sérieuses. Si je m'exprime
ainsi, c'est que je ne puis plus douter
maintenant de l'intérêt trop vif peut-
être que vous daignez prendre à moi.
Mais, hélas ! je suis contraint d'y renoncer, et je viens vous conjurer de
m'oublier ! Heureux si je puis retrou-

ver moi-même le calme que je voudrais voir régner dans votre cœur.

Il était vivement ému, et en achevant ces mots, il tomba comme accablé sur le banc où la tremblante Athénaïs l'écoutait avec une attention qui tenait à la fois du désespoir et d'un sentiment fugitif d'espérance et d'amour. En ce moment un rayon de la lune perçant le feuillage du saule-pleureur, tomba d'aplomb sur les traits si expressifs du noble jeune homme. Une douleur indicible, une impression profonde de tristesse et de mélancolie étaient répandues sur sa physionomie; ses regards étaient levés vers le ciel, et l'agitation qui remplissait son âme semblait ajouter à sa beauté naturelle. Athénaïs le regardait; elle l'examina un moment dans une sorte de ravissement pénible et comme si son invincible passion eût encore voulu trouver un espoir, quelque éloigné, quelque trompeur qu'il fût, dans les dernières paroles d'Édouard.

— Hélas! reprit-elle d'une voix attendrie, pardonnez-moi, Monsieur Édouard, je souffre!... Vous dites que vous avez été long-temps malheureux, j'en appelle à votre cœur : vous savez si l'infortune n'est pas quelquefois injuste, vous savez si l'amertume qui se mêle à ses plaintes n'est pas trop souvent involontaire. Non, Monsieur, je n'ai point méconnu votre honorable caractère, et cet entretien en est une preuve assez forte. Mais cela ne me suffit pas, j'éprouve le besoin de vous parler de moi, de mes premières années , je veux du moins avoir toute votre estime.

— Et ne vous est-elle pas acquise, Mademoiselle? Je serais bien à plaindre si vous pouviez supposer un moment que ma conduite, inspirée par d'impérieuses circonstances, est le résultat de réflexions qui vous seraient personnelles et désavantageuses. Au nom du ciel! rejetez cette pensée, vous êtes pure à mes yeux de tout reproche, et votre confiance en moi ne sera point trompée.

—N'est-ce donc rien que la faiblesse dont je vous ai donné la preuve, et notre correspondance?... déchirant souvenir! Édouard, qui brise mon cœur et qui me rend plus malheureuse encore. Oh! du moins si vous ignoriez quelles ont été mes espérances, si vous ne saviez pas combien je suis à plaindre; si j'avais pu renfermer dans mon cœur un secret qui touche au bonheur, au repos de ma vie!... je pleurerais, je souffrirais dans le silence et la solitude; l'espérance, ce sentiment délicieux que la nature a placé au fond de toutes les peines, me bercerait du moins quelquefois de ses décevantes illusions... je pourrais aimer sans honte et sans regrets; mes soupirs douloureux, mes craintes, mes désirs, tout cela serait à moi, nul être sur la terre ne connaîtrait la cause de mes chagrins; je m'appartiendrais à moi-même. Mais, hélas! vous savez tout, cet aveu précieux et fatal qu'on n'accorde jamais que comme la récompense d'un long attachement, vous l'avez obtenu sans le demander. Mon trouble, mes regards, mes lettres, tout vous a appris votre victoire et mon abaissement. Ce qu'une femme a de plus cher sur la terre, le secret de son cœur, ce secret défendu par la pudeur, je l'aurais livré à vos dédains!... Non, non! Édouard, pardonnez-moi encore, je voulais dire, à votre indifférence.

— Athénaïs! je vous écoute avec un douloureux respect; ne cachez point vos pensées sous des mots qui

ne les peindraient pas avec l'énergie
que vous voudriez leur donner. Aucune
plainte ne sortira de ma bouche, je
ne vous adresserai aucun reproche...
Athénaïs !... mon cœur est brisé...
Continuez, j'aurai le courage de
vous entendre.

— Mon Dieu ! mon Dieu ! venez-
vous à mon secours, et lui parlez-vous
pour moi ?... Édouard, permettez-moi
de vous donner ce nom qui trompe
ma douleur, je n'ai point, comme
vous, été élevée à l'école du malheur.
Le tendre amour, l'amour aveugle de
mes parents entoura mes premières
années de tous les soins que peut in-
venter l'ingénieuse faiblesse d'un père
et d'une mère. Ces soins empressés,
exagérés même, ne se démentirent
pas quand, dans un âge plus avancé,
je pus abuser du pouvoir qu'on m'a-
bandonnait avec tant d'imprudence.
Alors, Édouard, les serviteurs de ma

famille tremblèrent devant moi , mes
volontés les plus exigeantes, mes caprices les plus ridicules étaient des
lois pour eux. Plus tard , il fallut songer à cultiver mon imagination, à me
donner les connaissances qui peuvent
tenir lieu dans le monde de tous les
avantages sociaux, mais qu'heureusement on ne peut acquérir sans l'étude
et le travail. L'institution dans laquelle on me plaça était dirigée dans
un esprit dont je reconnais maintenant la funeste influence sur le sort
de notre vie ; mais je l'adoptai, comme
toutes mes idées, avec une chaleur
et un fanatisme qui déshonorent la
raison. Dans cette maison je trouvai
la flatterie et la lâche complaisance
qui corrompaient, dans la maison de
mon père, un naturel digne peut-
être d'une meilleure culture. Enfin,
Édouard, j'entrai dans le monde en-
tourée de toutes les séductions, de

toutes les illusions qui peuvent expo-
ser le cœur le moins disposé à en subir l'influence. Quel effet ne durent-
elles pas produire sur moi? J'étais
jeune, riche; je ne connaissais de
ma naissance que les titres et l'influence politique de mon père; on
me disait que j'étais belle !... Tous les
poisons de la flatterie pénétrèrent dans
mon cœur. Oh! dites-moi, Édouard,
si mon sort n'était pas plus triste que
le vôtre? Quand vous appreniez à
souffrir, moi j'allais me trouver désar-
mée, sans force et sans courage, sous
les premiers coups de l'adversité. Je
n'avais jamais éprouvé la moindre
contradiction...; je ne savais pas pleurer! et maintenant... maintenant...

Les sanglots étouffèrent sa voix ; les
larmes inondaient son visage si beau,
dont une si profonde douleur, loin
d'altérer les traits, n'avait fait qu'en
rendre les grâces plus touchantes. Les

palpitations de son sein soulevaient la
gaze légère qui le recouvrait...

— Athénais! s'écria Édouard dans
un trouble inexprimable, et c'est moi
qui vous coûte les premiers pleurs que
vous répandez! Revenez à vous, je
vous en supplie; soyez fière maintenant, mais de votre vertu. Votre triomphe est plus beau, plus complet que
si, dans le cours d'une vie simple et
régulière, vous n'aviez jamais connu
les déceptions du monde. Quiconque
sera assez heureux pour lire dans votre
cœur mettra le comble de sa félicité
dans l'espoir d'y régner.

— Un autre... un autre que vous!
jamais, Édouard. Je n'accepte point
cette consolation cruelle. L'aveu que
je viens de vous faire, un autre n'aurait pu le comprendre; il ne sentirait
point comme vous les peines de ce
cœur déchiré. Et comment en serait-il
autrement? Cette éducation dange-

reuse dont j'ai reconnu les défauts,
n'est-ce pas vous qui m'en avez révélé
la déplorable influence ? Édouard, au
nom du ciel, ne m'interrompez pas ;
une fois déjà votre généreuse bonté
dédaigna mes regrets quand je voulus
vous parler de notre première entrevue. Journée chère et, fatale qui ne
s'effacera jamais de ma mémoire ! c'est
à cette heure que je me la rappelle,
c'est à cette heure peut-être que j'ai le
droit de pleurer devant vous ma conduite insolente ; car, n'en doutez pas,
Édouard, quoi que vous en puissiez
penser, quelle que soit la bienveillance
qui vous fait m'assurer que vous l'avez
oubliée, son souvenir s'est j té entre
moi et vous, c'est lui qui me ravit tout
espoir de bonheur. Oui, vous vous
souvenez malgré vous du mépris in-
sultant avec lequel j'osai vous traiter
quand vous m'apparûtes sous les livrées
d'une noble et respectable indigence.

Oh! je le sens, ma faute est peu digne de pardon; mais, Édouard, si mes remords déchirants, si mes larmes, si l'amour enfin, oui, l'amour le plus vif, le plus entraînant, peuvent balancer dans votre noble cœur cette funeste erreur, revenez à moi; ne vous éloignez pas de celle qui vous offre sa vie en échange de votre injure; accordez-lui votre pitié. Pardon, pardon, Édouard...; je tombe à vos genoux...

— Arrêtez, Athénaïs! Mademoiselle, que faites-vous? Au nom de votre sexe et de la vertu...

Ce fut lui qui tomba à ses pieds, qui saisit ses deux mains et les serra dans les siennes, et un rayon de joie vint éclairer les traits enchanteurs d'Athénaïs.

—Édouard, reprit-elle avec l'accent de la passion et du délire, achevez, achevez, encore une parole, une seule et vous me rendrez à la vie. Votre pardon ne me suffit plus ; il me rend le repos , mais je vous demande le bonheur.

— Craignez-moi, Athénaïs, oui, craignez plutôt que , séduit par tant de charmes et d'amour, je ne perde un reste de courage. Oh! si dans cet instant que je n'ai pu prévoir, ma bouche égarée osait vous dire..., ne me croyez pas, Athénaïs, je vous tromperais. Vous jetez le trouble dans mon cœur, mais il ne m'appartient plus ; cette main ne peut s'unir à la vôtre. Ne souffrez pas que je me déshonore par un parjure...

Un triste sourire effleura les lèvres pâles et tremblantes d'Athénaïs ; elle tressaillit et leva vers le ciel, avec une sorte de résignation douloureuse, ses yeux encore brillants de larmes. Édouard, qui venait d'imposer lui-même une barrière au torrent de ses passions, se leva lentement ; il trem-

4

blait, et ses genoux s'affaissaient sous
le poids de son corps. Enfin il reprit,
comme anéanti, sa place auprès d'A-
thénaïs. Durant quelques instants,
aucun bruit, même léger, ne troubla
le silence religieux de la nuit, sous le
vieux saule de la fontaine. Ce fut Athénaïs qui le rompit la première d'une
voix tremblante, et dont les sons inar-
ticulés parvenaient à peine à l'oreille
d'Édouard.

— Je sens, dit-elle, que mon sort
est décidé. Édouard, je tâcherai d'être
calme : mais dites-moi, vous l'aimez
donc bien cette femme qui me dispute
votre cœur ?

— Oui, Athénaïs, je l'aime depuis
mon enfance. Je ne croyais pas qu'une
autre sur la terre pût lui être com-
parée.

— Elle est belle, Édouard ?

— Elle est simple et modeste. Ce
ne sont point les attraits qu'elle reçut

de la nature qui me la firent d'abord
remarquer ; elle - même ignore leur
pouvoir. O Athénaïs, si vous la connaissiez !.... mais que dis-je ? où m'é-
garent des transports qui ajoutent à
vos peines ? Son nom ne peut venir sur
mes lèvres, son souvenir ne peut remplir ma pensée sans que je m'abandonne à l'ivresse du sentiment inaltérable qu'elle m'a inspiré. Adieu ,
Athénaïs, il est temps de finir ce douloureux entretien.

— Un moment encore, Édouard ;
vous ne savez pas tout le bien que vous
me faites. Parlez-moi d'elle, je vous
en conjure... Que ne puis-je la voir !
sans doute elle est d'un sang illustre,
et ce n'est point à sa seule bravoure
que son père doit sa fortune et son
rang.

— Vous vous trompez encore, Athénaïs. Ma Cécile n'a point reçu le jour
dans une famille orgueilleuse de ses

ancêtres; celle dont les douces vertus
font chérir l'honorable obscurité est
plus digne peut-être de cet éclat qui
ne s'attache pas toujours au vrai mérite. Cécile est la fille d'un laboureur,
d'un homme probe et généreux à qui
je dois cette éducation qui m'a fait
sortir des rangs où le malheur me con-
damnait à vivre oublié.

— Ainsi donc tout est fini, Édouard;
votre choix vous honore, soyez heureux... Hélas! telle est mon inconcevable destinée, que, loin de me con-
soler, ce choix digne de vous aug-
mente mes regrets... Édouard! j'allais
dire mon amour, oui, je sens le prix
de celui que je perds... Oh! que j'aurais été fière et heureuse! mais le ciel
ne le veut pas.

— Vous pleurez, Athénaïs, vous
pleurez encore, puis-je vous abandonner en ce fatal moment? Soyez plus
généreuse, au nom du ciel! Votre

douleur me déchire, elle m'accable, elle me fait douter de moi-même.

— Édouard, je vous sais gré de cette tendre pitié ; vous aviez le droit de me traiter avec plus de cruauté... Je ne vous retiens plus. Adieu donc, Édouard, adieu... pour toujours... Oh ! je ne puis vous cacher mes pleurs, ce triste mot renferme pour moi trop de pensées déchirantes.

— Athénaïs, je vais vous obéir...; dans quelques instants il serait trop tard... Oui, il faut nous séparer; ma tête est embrasée, c'est du feu qui circule dans mes veines... Ah! du moins, Athénaïs, que j'emporte en vous quittant l'assurance que vous acceptez le tribut de mes respects et de ma vive amitié. Je vous donne tout ce qui me reste de mon cœur.

—Me le promettez-vous, Édouard?... Oh ! je dois compter sur cette offre qui dépasse mes espérances. O mon

Dieu!.... mon malheur était si grand!.
Ne sont-ce pas ses bras agités qui en-
tourent ma taille ? n'est-ce pas le souffle
de sa bouche qui vient effleurer mes
lèvres ? Est-ce de l'amour ou de la pitié que je vois briller dans ses yeux
attendris ?... Édouard, que serait-ce
donc si vous m'aviez aimée sans partage ?... Édouard, il y a trop de charmes dans nos adieux...Noble Édouard,
respectez mon infortune...

— Des charmes ! oui, Athénaïs, un
charme enivrant... Adieu, ou nous
sommes perdus... adieu donc pour
toujours...

Il imprima sur sa main des baisers
convulsifs ; sa voix était étouffée, son
cœur battait avec force... Enfin il
s'arracha d'auprès d'elle et il s'éloigna
rapidement en murmurant encore le
mot d'adieu...

Le jour s'était levé, et un bruit
inaccoutumé régnait dans le château.

Les domestiques, pâles et effrayés, n'osaient soutenir les regards de leur maître, qui se promenait avec agitation dans le salon La mère d'Athénaïs, dans le même désordre moral, allait et venait avec égarement en se tordant les mains de désespoir, car elle ne pouvait pleurer.

— Ma fille! ma fille! disait le général, qu'est-elle devenue? qu'en a-t-on fait? Point de nouvelle, juste ciel! Malheureux enfant! C'est là, ajouta-t-il avec amertume, c'est là qu'elle était assise le jour où, pour lui complaire, je déchirai le cœur d'un vieux soldat, du compagnon de mon enfance... Ah! le ciel est juste, mais il me punit cruellement.

Dans ce moment Joseph, le domestique favori du général, entra dans le salon; il était ému, agité, mais il y avait sur son visage quelque chose qui ressemblait à de la joie.

—Eh bien! Joseph, mon ami, quelle nouvelle?

—Calmez-vous, Monsieur le comte, Madame vous en conjure, mademoiselle est retrouvée.

—Retrouvée! Ah! que Dieu soit loué! Merci, mon brave Joseph. Où est-elle? je veux la voir, l'embrasser, la gronder...

—Un moment, Monsieur le comte, c'est encore au nom de madame que je vous prie d'attendre un moment. Je ne vous cacherai pas que mademoiselle... est sérieusement indisposée; on a d'abord appelé le médecin du pays, mais George et Henri viennent de monter à cheval, ils ont l'ordre de ramener des personnes de l'art de Grenoble et de Voiron.

—Ma fille! s'écria le général en tombant accablé sur un fauteuil qui se trouvait près de lui. Et dites-moi, Joseph, ajouta-t-il avec autant d'in-

térêt que d'inquiétude, que lui est-il
donc arrivé? quelle était la cause de son
absence? Surtout, Joseph, ne me cachez rien, ou vous perdrez tous les
droits que vous avez acquis à ma confiance.

— Mon intention, répondit Joseph
avec le ton d'une douleur respectueuse, n'est point de dire à Monsieur
le comte autre chose que la vérité ;
mais je vous en prie encore, mon cher
maître, ne vous désolez point ainsi,
il y a tout lieu d'espérer que l'indisposition de mademoiselle ne sera ni
longue ni dangereuse. Monsieur le
comte, continua Joseph en voyant
les signes d'impatience que faisait le
général, il paraît que mademoiselle
eu l'imprudence de sortir aujourd'hui
de fort bonne heure, sans doute pour
se promener dans le parc, et vous
savez, Monsieur le comte, que l'air
est fort vif le matin dans ce pays-ci.

4. 5

Soit que mademoiselle fût déjà lasse, soit enfin que, n'ayant pas l'habitude d'être aussi matinale, elle ait été surprise tout-à-coup par le sommeil, nous l'avons trouvée endormie sur le banc de cette fontaine qui est au bout du parc. C'est moi, Monsieur le comte, qui ai eu le bonheur d'apercevoir le premier mademoiselle ; j'ai aussitôt appelé madame la comtesse, qui n'était pas loin de cet endroit ; les femmes de mademoiselle sont accourues, et l'on s'est empressé de lui prodiguer les premiers soins. Elle était pâle et froide, et comme évanouie ; maintenant, Monsieur le comte, elle a été transportée dans sa chambre à coucher, et sans doute elle sera bientôt en état de vous recevoir.

— Dans le parc ! endormie ! s'écria le général en se frappant le front à plusieurs reprises ; quel est donc ce mystère ? Depuis quelque temps, Jo-

seph, ma fille me cause de graves
inquiétudes; sa tristesse n'est pas naturelle: ne l'avez-vous pas remarquée
comme moi, Joseph?

— Nous ne nous permettons pas,
Monsieur le comte, de porter des regards indiscrets sur la conduite ou sur
les habitudes de nos maîtres ; mais il
est permis de dire que si un changement quelconque s'est opéré dans
mademoiselle, il est tout à l'avantage
des personnes qui ont le bonheur de
la servir; jamais sa douceur et sa
bonté n'ont été plus remarquables
que depuis quelque temps, et si j'ose
l'ajouter, Monsieur le comte, surtout depuis le départ de M. de Saint-
Ange.

— C'est bien, Joseph, c'est bien,
dit le général inquiet et préoccupé,
mais je n'y puis plus tenir, il faut
que je la voie, il le faut absolument...
Ne me retenez pas, Joseph, ne me

retenez pas, je serai raisonnable. Malheureuse enfant! que t'ai-je donc fait pour que tu me prives de ta confiance, pour que tu me laisses étranger à tes peines!

M. Des-Marais, malgré les instances de son valet de chambre favori, pénétra dans l'appartement de sa fille, et ne dut point être rassuré par le tableau qui s'offrit à sa vue. Athénaïs était encore froide et inanimée, on était parvenu à la déshabiller et à la mettre au lit, après en avoir réchauffé l'intérieur avec des aromates. Elle ne donnait aucun signe de vie ; sa pâleur l'effrayante immobilité de ses traits présentaient l'image de la mort. La comtesse, le visage inondé de larmes, était à son chevet, suivant d'un œil inquiet les moindres mouvements du médecin, qui tenait le pouls de la malade. Le général désespéré croisa ses bras sur sa poitrine, et demeura à l'entrée de

l'appartement plongé dans une stupeur douloureuse.

— Eh bien ! Monsieur, dit la comtesse à voix basse, ma fille nous sera-
t-elle bientôt rendue?

— Espérons, Madame la comtesse,
espérons, répondit le docteur ; mademoiselle a dans ce moment une fièvre
violente ; le froid l'a saisie sans doute,
et ce profond engourdissement dans
lequel elle est plongée est un phé-
nomène qui ne doit pas vous épou-
vanter.

— Dieu soit loué! s'écria la comtesse en levant les mains vers le ciel.

— Vous en répondez donc, Monsieur? dit le général d'une voix triste,
en saisissant le bras du docteur.

— Je réponds, répliqua le médecin,
que, pour le moment, il n'y a aucun
danger, et que la maladie de mademoiselle est plus effrayante que dangereuse.

— Pour le moment! répéta le général en soupirant.

— La chaleur revient, ajouta le médecin avec un sourire de satisfaction. Paix! le sang circule;... c'était vraiment une sorte d'asphyxie;... cela ne sera rien; un mouvement,... un soupir;... elle se réveille.

En effet Athénaïs sortait péniblement du long évanouissement dans lequel elle était tombée quand Édouard s'éloigna d'elle; ses yeux se remplirent de larmes quand elle put reconnaître sa situation, et une vive rougeur vint colorer son front, car elle se rappela vaguement la cause de son indisposition, et elle fut agitée de la crainte qu'on n'eût découvert son douloureux secret. Le docteur s'empressa de lui offrir une infusion de fleurs qu'il venait de lui faire préparer; elle repoussa d'abord avec la main le vase qu'on lui présentait, mais un regard

suppliant de sa mère le lui fit aussitôt
accepter. Un mieux remarquable ne
tarda pas à se décider ; Athénaïs était
accablée, triste, mais elle avait re-
couvré l'usage de toutes ses facultés,
et recevait avec une joie mélancolique
les tendres caresses de ses parents.

Hélas ! dit-elle d'une voix faible
et émue, que de chagrins je vous ai
causés !

— Rétablissez-vous, Athénaïs, répondit sa mère, tout le reste n'est rien.

— Ma chère enfant, ajouta le général, je n'ai pas le courage de te
faire des reproches, mais quel peut
être le motif de l'imprudence que tu
as commise ?

— Mon père, s'écria Athénaïs avec
plus de force, ma mère chérie, j'ai
une grâce bien grande à implorer de
votre bonté, de votre amitié ; pour
moi, au nom du ciel ! ne me faites
aucune question sur ce cruel évène-

ment... Plus tard,... oui, vous saurez sans doute toute la vérité ; mais dans ce moment.,.. Oh combien je souffre encore ! La moindre allusion à la peine que vous éprouvez me donnerait la mort... Plût au ciel qu'on fût venu trop tard !

La comtesse fit un signe de tête d'approbation qui peignait sa tristesse et son inquiétude ; le général fronça le sourcil ; il murmura quelques mots inintelligibles, mais il regarda Athénaïs, dont la pâleur et l'affaiblissement total effrayèrent son amour paternel ; une larme tomba de ses yeux, et il serra avec affection la main de sa fille.

Cependant Athénaïs revenait à la vie, tous les symptômes alarmants que sa maladie avait d'abord présentés se dissipèrent promptement, et vers le milieu de la journée elle put recevoir, assise dans son appartement, la visite des médecins que les gens

du château ramenaient avec eux.
L'état d'Athénaïs leur parut satisfai-
sant, et, suivant l'usage, ils approuvè-
rent sans restriction tout ce qu'avait
fait leur collègue du village. Heureusement que cette fois du moins ils
avaient raison, et que leur collègue
était un jeune homme fort éclairé.

La nouvelle de l'indisposition subite
de mademoiselle Des-Marais se répandit promptement dans le pays; cela
étonna beaucoup de monde, quoiqu'en général on prît peu d'intérêt à
la malade. Édouard seul frémit en
apprenant un évènement dont la
cause ne lui était que trop connue, et
il en fut profondément affecté. Ce
jour-là il ne se rendit point à la ferme,
suivant son habitude, et il fît la partie
d'échecs avec M. Manuel, qui obtint
un triomphe complet, car son par-
tenaire était distrait et rêveur; mais
le bon curé n'attribua son succès,

peu ordinaire cependant, qu'à son incontestable supériorité. Guillot fut en secret invité par Édouard d'aller plusieurs fois au château s'informer de la santé d'Athénaïs; il revenait lui dire à l'oreille ce qui se passait, et quand il annonçait du mieux, un échec au roi avertissait M. Manuel de se tenir sur ses gardes.

— Que le diable m'emporte! disait le vétéran en gravissant la côte de Crossey, si je comprends rien à tout ce qui se passe! mais enfin M. Édouard le veut, et cela me suffit; je crois qu'il a plus d'esprit que moi, et tout s'arrangera convenablement: j'ai bien aimé quelquefois deux jolies filles en même temps, mais M. Édouard!...

Athénaïs était exactement prévenue des messages d'Édouard; l'idée qu'il s'occupait d'elle, qu'elle en recevait des marques d'intérêt dans un moment semblable, produisait plus d'effet sur elle que les prescriptions de la faculté. Je ne sais quelle faible mais consolante espérance cette réflexion rappela dans son cœur; elle oublia un moment cette scène déchirante pour elle où Édouard s'était prononcé d'une manière si formelle et si décisive, elle ne se souvint que de son amour, et n'eut plus le pouvoir d'y renoncer. Dans la soirée elle déclara à ses parents qu'elle désirait assister le lendemain à la messe de la paroisse. Toutes les objections qu'on lui fit au sujet de son état encore inquiétant furent inutiles, et l'on avait trop souvent cédé à ses désirs pour ne pas lui complaire encore dans cette circonstance.

C'était un évènement pour le pays que la présence au village de la famille Des-Marais. Le général avait toujours eu un chapelain, et depuis son départ un ecclésiastique des envi-

rons était venu célébrer la messe au
château. Quand la cloche paroissiale
frappa les airs de ses sons aigres et
perçants, une voiture s'arrêta en face
de l'église, et tous les paysans ras-
semblés sous le porche en virent descendre, avec étonnement, leur maire,
son épouse et sa fille encore faible,
mais plus agitée par un sentiment secret, par une peine morale, que par les
souffrances physiques qu'elle pouvait
éprouver. Les paysans s'éloignèrent
aussitôt, et la plupart d'entre eux dé-
tournèrent la tête pour n'être point
obligés de saluer des personnes contre
lesquelles ils nourrissaient de profonds
préjugés ; quelques jeunes garçons,
toujours plus hardis, s'approchèrent
pour admirer un équipage si brillant,
que le roi, suivant eux, n'en possédait
pas un semblable. Le général leur
distribua quelques pièces de monnaie.
Donner à temps est la première con-

dition de la générosité : les enfants acceptèrent en sautant de joie, mais les oreilles de plusieurs d'entre eux témoignèrent cruellement du mécontentement de leurs parents.

La famille entra dans l'église : on sait qu'en province chaque famille a un banc réservé pour assister au service divin ; celui qui avait appartenu aux ancêtres d'Édouard n'était plus occupé depuis long-temps, et il était devenu la propriété des maires de la commune. Le général donnait le bras à sa fille, et la comtesse essayait en vain, en souriant aux habitants qui remplissaient l'enceinte du temple, de leur montrer toute sa bienveillance.

Athénaïs promène autour d'elle des regards curieux; elle seule connaît l'objet adoré qu'elle voudrait découvrir, mais elle acquiert bientôt la certitude qu'Édouard n'est point arrivé. Il viendra sans doute, car ce jeune

homme, élevé dans la religion catholi-
que, et séduit peut-être par les vertus
du digne ministre qui la fait aimer
à Crossey, ne manque point à ce
devoir pieux. Un bruit confus se fait
entendre à l'entrée de l'église, le
dérangement des chaises et des bancs,
les ondoiements de la foule, tout
annonce qu'un personnage auquel les
habitants du lieu accordent leur respect et leurs égards vient augmenter le
nombre des fidèles. Athénaïs regarde
avec plus d'attention de ce côté ; un
jeune homme, vêtu de noir, d'un exté-
rieur grave et recueilli, dont un calme
mélancolique revêt la physionomie
noble et belle, donne le bras à une
jeune fille qui baisse modestement
les yeux, mais en s'appuyant avec un
délice inexprimable sur le bras de son
cavalier. C'est elle surtout qu'Athénaïs
examine avec une étrange affectation,
quoiqu'elle semble plongée dans une

rêverie douloureuse ; ses yeux sont
humides , sa poitrine haletante, elle
respire avec peine ; un sourire, moitié
sardonique moitié triste, effleure ses
lèvres qu'agite un léger tremblement,
une rougeur subite a coloré ses traits...
La jeune fille s'avance avec peine au
milieu des salutations et des serre-
ments de mains auxquels son cavalier
est obligé de répondre. Elle est mise
avec une simplicité pleine de goût
qui fait ressortir la naïve beauté de
son visage , expression charmante de
sa douceur et de sa modestie. Un
grand et robuste vieillard et plusieurs
jeunes gens d'une taille élevée et d'un
air franc et décidé accompagnent le
groupe qui a paru exciter l'intérêt
et la prévenance affectueuse de tous
les assistants.

— Voici M. de Crossey, dit le général... Tu trembles, Athénaïs, es-tu
souffrante, ma chère enfant ?

— Non, mon père; non, je suis très bien,... très bien sans doute.

Elle baisse la tête en tremblant. Édouard vient d'apercevoir la famille Des-Marais, et il lui a adressé un salut profond et respectueux. Cécile a tressailli, car elle a cru remarquer qu'Édouard s'est troublé; elle le regarde avec inquiétude, mais elle voit Athénaïs... Quelle triste pensée vient de serrer son cœur!

Le hasard a voulu que le banc de la famille Bernard touchât, pour ainsi dire, à celui du magistrat municipal. C'est là qu'Édouard quitte le bras de Cécile pour aller occuper une place dans le chœur, au pied de l'autel. Athénaïs respire avec plus de facilité, elle remercie Édouard d'un sacrifice auquel elle se plaît à croire qu'elle n'est pas étrangère. Cécile entr'ouvre d'une main tremblante un livre de prières, mais les caractères devien-

nent mobiles pour elle, il ne lui est
pas possible d'y attacher ses regards,
le nuage qui est tombé sur ses yeux
semble envelopper tous les objets qui
l'environnent, deux seuls exceptés,
Athénaïs et Édouard. Elle s'imagine
que leurs yeux se sont rencontrés? Le
loyal Édouard pourrait-il la tromper
encore ? que fait-il dans ce moment ?
Agenouillé sur les marches de l'autel,
il écoute avec piété les paroles du
sacrifice, il prie avec ferveur, et l'enthousiasme religieux qui l'anime se
peint dans ses traits, dans ses yeux
surtout, qui, levés vers le ciel, semblent implorer du Dieu tout-puissant
un secours contre les passions qui
remplissent son cœur...

M. Manuel monte en chaire, et un
profond silence règne dans ce temple
qui va retentir des paroles d'un
homme juste et vertueux; on dirait
que l'excellent vieillard a lu dans le

cœur de son élève et qu'il connaît les inquiétudes dévorantes qui le remplissent. Son instruction porte sur le danger des passions, sur les moyens que Dieu nous a donnés pour les combattre et pour les vaincre. Peu à peu sa parole, douce et pénétrante, devient plus vive, plus chaleureuse ; sans doute d'anciens souvenirs viennent réchauffer son âme, son œil s'anime, les glaces de l'âge disparaissent aux accents de sa mâle éloquence ; mais la bonté, la charité, ne sauraient perdre les droits qu'elles exercent sur le cœur du vieillard. Il a tonné contre les passions, il a aussi des larmes pour le malheur ; il plaint les victimes de la faiblesse humaine, il les console, il leur parle d'un autre avenir, il leur fait entrevoir une sainte espérance qui ne trompe jamais, qui n'est point passagère comme les joies, comme les misères de la vie. Tous les

cœurs sont émus..... car l'énergique
simplicité de son langage l'a rendu
intelligible pour tous les auditeurs.

Vénérable pasteur, murmurait
Athénaïs, qui a recueilli avidement
toutes les paroles qui sont tombées
de la chaire de vérité, c'est vous qui
viendrez à mon secours, c'est vous
qui êtes appelé à sécher mes larmes.

Elle ne voit plus rien, elle n'entend plus rien, elle est tombée évanouie dans les bras de son père. Le
sacrifice était fini, et Édouard venait
de reprendre le bras de Cécile.
C'est un bruit confus qui frappe son
oreille. Cependant, ô volupté d'un
moment, mais ineffable et pure !
ce n'est point une vaine illusion,
une main chérie a frémi dans la
sienne !... Heureuse Athénaïs !... où
est-elle ?

Ce fut le cahot de la voiture qui

remontant lentement la côte, en la
rappela à elle; son père ne l'avait
point quittée, sa mère lui faisait res-
pirer des sels et bassinait ses tempes
avec des eaux parfumées et spiri-
tueuses. On baissa les stores, et un air
vif circula autour d'elle et rendit à
son visage les couleurs de la vie. Elle
balbutia de nouvelles excuses; mais
les souffrances d'une fille adorée en
ont-elles jamais besoin? Des soins
plus empressés, plus multipliés, l'en-
tourent au château; le général la
serre contre son sein avec tout l'é-
garement, toute l'énergie de la douleur paternelle. Sa mère désolée lui
prodigue en pleurant les secours les
plus touchants; mais ces soins empressés, ces caresses délicieuses n'ar-
rivent point jusqu'à son cœur préoccupé d'une idée qui exclut toutes les
autres, plein d'un sentiment aveugle,
impétueux, dont aucune consolation

ne peut endormir la violence. C'est la
solitude qu'elle réclame, elle seule
maintenant convient à ses peines
mystérieuses; elle a besoin de pleurer en liberté et sans qu'on lui demande compte de ses larmes. On
s'empresse autour d'elle, on la supplie de ne point exiger une complaisance qui peut être fatale à sa santé;
vains conseils, vains secours qu'elle
ne peut supporter. Oh! laissez-la!
laissez-la!... La solitude a pour les
peines du cœur des secrets que nous
ne connaissons pas. Enfin on se
rend à ses vœux.

A peine Athénaïs est-elle seule dans
son appartement, qu'elle s'abandonne
à toute l'amertume du désespoir.

—C'était elle! je l'ai vue!... s'écria-
t-elle; qu'a-t-elle donc fait pour mériter tant de bonheur?... Et lui!... grand
Dieu! quand il était en votre présence

et qu'aux pieds de votre autel il élevait ses vœux jusqu'à vous , mon souvenir était-il mêlé à sa prière?... Athénais !... non! c'est elle , elle, elle seule qu'il aime , c'est pour elle qu'il priait. Elle est jeune et belle ;... couple heureux, il sont faits l'un pour l'autre, et moi,... seule,... seule toujours!...

Elle court devant une psyché qui avait réfléchi si souvent ses traits brillants de tout l'orgueil de la beauté; quel changement effrayant le chagrin a opéré en elle ! elle ne retrouve plus ces attraits enchanteurs qui lui avaient attiré tant d'hommages. Qu'est devenu ce sourire piquant et spirituel qui animait son visage, dont la fraîcheur et la noble régularité pouvaient le disputer à toutes les créations idéales du génie? Une pâleur mortelle a desséché ces fleurs de la jeunesse et de la beauté ; ses lèvres livides ne produisent plus

qu'une sorte de crispation qui leur
donne momentanément un incarnat
bleuâtre ; ses yeux roulent enflam-
més dans leur orbite, mais cet éclat
de funeste présage est dépouillé de
tout le charme qu'il avait naguère.
Pauvre Athénaïs ! Elle arrache avec
colère les fleurs qu'une main habile
a mêlées avec sa longue chevelure,
elle jette avec mépris ces diamants
et ces bijoux dont le luxe la gêne
maintenant.

— Désormais je serai simple comme
elle ; il me verra, il me saura gré de
ce que j'ai fait pour lui plaire. Que
me font ces vains ornements, tristes
témoins de mon orgueil ? m'ont-ils
jamais procuré un moment de bonheur ? non, son amour peut seul donner du prix à mon existence. Édouard
ou la mort !.... Oh ! je parle d'amour,
de mort ;... il me fuit, et la mort est
sur mes lèvres ;... je suis affreuse, je

ne lui plairai jamais,… jamais… Au secours ! au secours !

Elle venait de consulter de nouveau la glace de sa psyché : ses cheveux en désordre, sa pâleur mortelle, ses yeux rouges, les veines de son cou gonflées, elle vit tout à la fois, elle poussa un cri affreux et tomba sur le parquet, en proie au délire du désespoir et de la fièvre…

Plusieurs jours s'écoulèrent, et sa maladie fit des progrès effrayants ; les secours de l'art furent d'abord inutiles, Athénaïs avait perdu la raison ; elle ne reconnaissait personne autour d'elle. Le château était plongé dans le deuil, et la douleur du général Des-Marais était si vive, si sincère, que les cœurs les plus prévenus contre lui ne purent s'empêcher de gémir sur son infortune. La comtesse et lui étaient devenus méconnaissables ; ils passaient tous leurs instants auprès

de leur chère Athénaïs, s'attendant à
une séparation cruelle dont l'idée
seule les déchirait. Cependant la
jeunesse d'Athénaïs et les soins qui
lui furent prodigués triomphèrent de
ce qu'il y avait de violent dans sa
maladie; sa raison reparut, et avec elle
un calme triste et douloureux, qui,
éloignant l'idée de toute catastrophe
prochaine, n'en était pas moins af-
fligeant. Quand le général désespéré,
quand sa mère pleine de tendresse et
de douceur, essayaient de se faire entendre d'elle, elle ne répondait que
par des pleurs.

— Monsieur le comte, dit un jour
au général le jeune médecin du village qui avait donné ses soins à Athénaïs, mon art est maintenant im-
puissant pour rendre entièrement la
santé à mademoiselle votre fille; sa
maladie a une cause secrète qu'elle
seule peut faire connaître; c'est une

affection morale, mais vive et profonde, qui la mine lentement. Quelques mots qui lui sont échappés dans son délire, et que l'excès de votre juste douleur ne vous a pas permis d'entendre, me font penser qu'il s'agit ici d'un amour malheureux. Employez donc auprès d'elle tous les moyens que vous croirez convenables pour fléchir son obstination, elle peut languir ainsi long-temps encore, mais si elle ne parle... elle est perdue !...

—Oui, répondit le général d'une voix sombre, il y a quelques jours, docteur, que j'ai le pressentiment de ce que vous m'annoncez. Il le faut, il le faut, je découvrirai ce triste mystère.

Un soir, le malheureux père d'Athénaïs, caché dans les plis d'un rideau au chevet de sa fille, attendait son réveil avec une pénible anxiété. Le plus profond silence régnait dans le château, et le bourdonnement mo-

notone de quelques insectes ailés pé-
nétrait seul dans l'appartement de la
malade, ouvert par ordre du docteur.
Tout-à-coup le général tressaillit :
Athénaïs vient de faire entendre un
profond soupir, elle se soulève sur sa
couche et entr'ouvre d'une main tremblante le long rideau de soie derrière
lequel son père, inquiet et agité, peut
entendre toutes ses paroles ; elle jette
un regard mélancolique sur les derniers et pâles rayons du soleil, qui ne
jettent plus à l'horizon qu'une mourante clarté.

— Quel songe heureux ! dit-elle
d'une voix défaillante, je l'ai vu !...
Ah ! continua-t-elle après une assez
longue pause, il m'a pardonné !...
Édouard, pourquoi parcourir encore
cet album ?... Vous rougissez !... in-
grat !... Ce regard terrible que vous
lançâtes sur moi lorsque, abusée par
de cruelles apparences, je vous traitai

avec mépris; ce regard qui a décidé
du sort de ma vie, ne vous a-t-il pas
assez vengé? Oui, j'ai bien souffert:
comme je suis changée! Édouard, ne
restez point à mes genoux, vous n'ê-
tes point coupable de mes maux, c'est
moi, moi seule!... Édouard, les baisers que vous imprimez sur ma main
sont brûlants,... et si je ne suis point
à vous, que me font ces vains attraits
que j'ai perdus? votre amour me rendra ma beauté.... Rassurez-vous, si
vous voulez que je meure, je vous
obéirai, mon secret m'appartient...
il est là,... dans mon cœur, comme
un feu dévorant... Vous seul sur la
terre vous savez que je vous aime.
Je languis, Édouard, je me flétris
comme une fleur dont un ver destructeur a rongé la tige délicate. Je ne suis
plus qu'une ombre,... une ombre désolée!... Adieu, Édouard! Qu'il était
beau durant cette nuit majestueuse

où son noble cœur se dévoila tout entier!... Qui soupire près de moi? est-ce lui? oh! je ne puis plus pleurer.

—Athénaïs! Athénaïs! s'écria le général emporté par sa vive tendresse, c'est moi, c'est ton père!... pardonne à mon inquiétude...

— Mon père chéri! reprit la malade sans manifester aucune surprise, je vous rends malheureux; hélas! n'est-ce pas ce que vous vouliez dire?

— Non, ma fille,... mais il dépend de toi de faire cesser les tourments que ta santé nous cause. J'ai entendu.... Athénaïs, au nom du ciel! ouvre-moi ton cœur, ma chère enfant, quel est cet Édouard?

— Vous m'avez entendu!... Quel est cet Édouard, mon père? M. de Crossey... Oh! ne me demandez plus rien : oui, je l'aime, je l'adore, mais je ne puis être à lui; il aime, il est aimé d'une jeune fille de ce pays. Connaissez-vous Cécile?

— Ma chère Athénaïs, pourquoi ne m'as-tu pas fait cette confidence plus tôt? As-tu douté de ton père? Hélas! n'es-tu pas tout ce que j'aime sur la terre? ai-je jamais résisté à tes moindres désirs? M. de Crossey sera ton époux.

— Mon époux, lui! juste ciel! non, mon père, vous ne le croyez pas... Ne vous ai-je pas dit qu'il en aimait une autre? Je suis perdue, perdue pour toujours!... Vous savez mon secret, mais, au nom de Dieu, mon père, n'en n'abusez pas!

— Je le verrai, Athénaïs; je ferai tous les sacrifices que ton bonheur exigera; s'il demandait ma vie, je la lui donnerais pour toi. Espère, ma chère enfant, redeviens ce que tu étais autrefois, ma belle Athénaïs... Il t'ai-

mera, sois-en sûre; oui, il sera ton
époux.

—S'il se pouvait!... mais non, non,
vous m'abusez.

— Moi t'abuser! te tromper! Athénaïs, ta douleur te rend injuste. Durant ta maladie, M. de Crossey s'est
souvent informé de toi, il est venu
lui-même...

— Lui-même!... il est venu lui-
même!... cela est-il possible?... Oui,
mon père, je vous crois maintenant;
j'ai besoin de vous croire : ah! que
cela me fait de bien!... Allez, voyez-
le, je ne vous retiens plus. Que Dieu
vous bénisse, mon père!...

Elle jeta ses bras autour de son
cou, et son front se colora d'une pudique rougeur.

CHAPITRE XVIII.

La Conspiration.

Il est possible que le lecteur ne se souvienne pas aussi bien que nous le désirerions du cabaret de Jean Toussaint. Cet individu, propriétaire de l'utile établissement contre lequel se liguaient vainement M. le curé et les commères de Crossey, était un de ces anciens militaires qui sont l'honneur et l'ornement de nos villages. Attaché sincèrement à son cabaret, dont, comme l'hôte de Falstaff, il augmentait terriblement la consommation, sans que la recette en éprouvât aucune amélioration ; attaché surtout à sa femme, à son ancien bonnet de police et à sa pipe, c'était un homme d'hu-

meur joviale, conciliante, et qui ne
refusait jamais de *toucher le verre* avec
un ami ou un voisin, ou même avec
un voyageur qui paraissait honnête;
car il avait toujours quelque bonne
raison pour se livrer à ses habitudes
hospitalières.

C'est ici le cas de faire remarquer
que, si nous parlons à l'imparfait ou
au passé de l'estimable Jean Toussaint,
comme cela nous est arrivé au sujet
d'autres personnages dans le cours de
cette histoire, ce n'est pas qu'il soit
survenu aucun malheur ni à lui ni
aux autres; nous n'employons cette
façon de parler que pour varier les
formes de la narration et nous conformer ainsi aux exigences de notre
langue.

Jean Toussaint avait bon nombre
d'habitués : les fermiers, les proprié-
taires et l'humble journalier remplissaient sa salle enfumée, et il était im-

possible qu'il en fût autrement, car il
n'était pas d'une ténacité inflexible
sur le paiement immédiat des dépen-
ses qu'on faisait dans son cabaret. Il
aimait à parler de ses campagnes,
fredonnant la chanson moitié bachi-
que moitié militaire, et n'était jamais
de mauvaise humeur qu'une fois par
semaine, le jour où les commis des
impositions indirectes venaient fouil-
ler dans sa cave, exercice odieux et
oppresseur qui existe encore, bien que
la nation et le gouvernement soient
d'accord pour le flétrir. Il y avait bien
encore quelques jours nuageux dans
son existence, et ils se levaient pour lui
quand il était obligé de punir ce qu'il
appelait l'insubordination de madame
Toussaint, qui, au reste, jouissait d'un
pouvoir absolu dans la maison sur
tout ce qui ne s'étendait pas jusqu'aux
plaisirs de son seigneur et maître.

L'amitié la plus sincère unissait Jean

Toussaint et le brave Guillot ; ils étaient dignes de se connaître et de s'estimer sous beaucoup de rapports. Ils avaient fait ensemble plusieurs campagnes sous le drapeau du même bataillon, et cette fraternité d'armes, dont les liens étaient encore resserrés par une certaine conformité de caractère, réunissait souvent les deux vétérans de notre gloire militaire. Il fallait une circonstance bien frivole pour leur rappeler leurs exploits, qu'ils eussent des auditeurs ou qu'ils n'en eussent pas, la séance était longue alors ; car ils étaient doués tous les deux d'une prodigieuse mémoire que réchauffait encore une soif convenable.

Dans nos départements méridionaux, où chaque cultivateur récolte une assez grande quantité d'un vin fort et spiritueux, il règne en général une étonnante sobriété. On ne rencontre point ces hommes abrutis, dé-

gradés par l'ivrognerie, et dont le dé-
goûtant spectacle afflige souvent les
yeux dans la capitale. L'habitant en
général ne boit que de l'eau ou d'une
sorte de liquide légèrement teint en
rouge et d'une saveur acide qu'on appelle la *piquette;* mais il aime le cabaret, soit que le vin qu'il achète lui
paraisse meilleur que le sien, soit qu'il
y ait un certain charme dans les plaisirs qui sortent de nos habitudes com-
munes. La qualification d'ivrogne est
l'insulte la plus grossière et la moins
pardonnable qu'on puisse adresser à
un homme, et cependant le pauvre et
le riche se rencontrent journellement
au cabaret; c'est là que se traitent
toutes les affaires, que se font les demandes en mariage et les propositions
les plus opposées. Tout le monde y
parle à tue-tête; on y lit un journal,
et c'est alors seulement que le savant
de l'endroit, huché sur une table,

peut obtenir un peu de silence fré-
quemment interrompu par les réflexions de ses auditeurs. On n'est pas
du même avis, on se dit des injures ;
celui-ci crie contre la marche du gouvernement, celui-là l'approuve ; on
ne s'entend pas : ce sont vraiment les
usages parlementaires qui gagnent nos
mœurs.

D'après cette courte digression, en-
treprise pour laver notre ami Guillot
des reproches que ses goûts auraient
pu lui attirer de la part de quelques
lecteurs mal informés, on doit penser
que le vieux soldat était souvent chez
Jean Toussaint. Il avait même dans sa
salle une place privilégiée qu'il avait
eu soin de choisir de manière à être
adossé contre la muraille, et qu'on
appelait la *table du garde*. C'est là que
la vieille servante de M. Manuel était
certaine de le trouver quand son maître ou M. Édouard le faisaient deman-

der au presbytère. Introduisons-nous
donc aussi dans ce lieu dont le silence
inaccoutumé annonce l'heure des travaux des champs et l'absence du plus
grand nombre des habitués.

Trois personnages d'une physionomie remarquable, et qui paraissaient
différemment préoccupés, étaient
réunis à la place dont nous venons de
parler. Celui qui pouvait en être re-
gardé comme le propriétaire incom-
mutable, le brave Guillot, était appuyé
sur la table, et lançait vers le plafond
noirci de la taverne du village d'é-
paisses bouffées de fumée; de temps
en temps il regardait avec l'air de la
pitié, auquel se mêlait un peu d'ironie, sentiment qu'il exprimait par un
léger haussement d'épaule, un jeune
homme qui, distrait et rêveur, et les
mains croisées sur l'abdomen, laissait
devant lui un verre plein jusqu'au
bord, et qu'il négligeait de vider. Nous

saurons bientôt quel était ce jeune
homme affligé, et qui prenait si peu de
part aux fréquentes libations de ses
deux compagnons, dont le dernier
n'était rien moins que le haut digni-
taire de ce temple élevé à la bonne
humeur et son desservant le plus as-
sidu, en un mot Jean Toussaint en
personne. Ce convive éminent paraissait s'intéresser aussi vivement que
Guillot aux peines de leur ami, moins
âgé et moins disposé à faire honneur
au broc de vin dont ils savouraient le
contenu. L'hôte manifestait son intérêt par un hem! qui sortait périodi-
quement de sa poitrine après trois as-
pirations de fumée ; car on sait qu'il
était un intrépide partisan de la pipe.
Malgré ces avances bienveillantes, et
quoique Jean Toussaint passât ses
doigts avec une sorte de tristesse dans
ses longs favoris, après lui avoir donné
quelques tapes sur l'épaule, le jeune

homme ne sortait pas de l'état d'insensibilité rêveuse dans lequel il était
plongé.

—Allons donc, Monsieur Bertrand!
dit Guillot en saisissant son verre,
voilà le remède à tous les chagrins,
et vous avez tort de n'en pas user.
Oui, vous avez tort, mille noms d'un
diable! pardon de l'expression, vous
ne voulez pas nous imiter? Liberté,
libertas, comme disait le chirurgien
major de la 32ᵉ demi-brigade, qui
était un savant. A votre santé!...

— Oui, à votre santé, Monsieur
Bertrand, ajouta Jean Toussaint! Bah!
laissez-moi toutes ces idées qui vous
empêchent de boire, et dont, à cause
de cela, je ne donnerais pas une pipe
de tabac. Que voulez-vous? la jeune
fille en aime un autre; et puisqu'il n'y
a pas moyen de lui faire faire un
quart de conversion, eh bien! allez
donc! une de perdue, deux de re-

trouvées, n'est-ce pas donc, Guillot?
A vôtre santé, voisin !

— Le diable m'emporte s'il parle!
reprit Guillot; on dirait qu'il a avalé
un boulet de vingt-quatre, c'est dur
à digérer. Au surplus, Monsieur Bertrand, nous sommes tous des amis
et des pays, comme vous le savez,
et vous faites bien de ne pas vous gê-
ner avec nous. Si votre rival n'était
pas M. Édouard, je vous dirais autre
chose....

—Oh! j'y avais bien pensé! s'é-
cria tout-à-coup le jeune homme que
la réflexion de Guillot fit tressail-
lir; mais je ne suis pas aimé, et
je n'ai aucun droit d'être jaloux de
son bonheur... Mes braves amis, cela
est triste... Ah! si j'avais su que le
cœur de Cécile ne fût pas libre, je
serais mort plutôt que de lui dire
combien je l'aimais !...

— Un petit verre de vin par-dessus

4.   6

tout cela, voisin Bertrand, ajouta Jean Toussaint.

— Je le veux bien, dit le jeune homme en soupirant et en mouillant le bord de ses lèvres.

— Parlez-moi de ça, repartit Guillot. Écoutez bien, Monsieur Bertrand, si vous êtes un homme raisonnable, vous vous consolerez, vous vous marierez, ou vous ne vous marierez pas, c'est comme vous le voudrez ; mais quand on est un beau garçon, qu'on est riche.... Bah! Je pense encore à une chose, ça ne vous ferait peut-être pas de mal de quitter le pays quelque temps, de prendre l'uniforme et le fusil... Mille noms d'un diable! qu'en dis-tu, mon brave ancien? M. Bertrand ne ferait-il pas un beau grenadier, et qui sait? ma foi? un bel officier peut-être.

— Oui, répondit Jean Toussaint; rien ne forme la jeunesse comme la

parade et le lit de camp. Malheureusement, Guillot, ils se sont amusés
à faire la paix, et il n'y a pas de plaisir à porter une giberne vide,... et
puis,... mais ne parlons pas de cela,
il ne faut qu'un coup de canon!...

— Et les anciens sont toujours là,
s'écria Guillot en tendant la main avec
enthousiasme à son vieux compagnon
d'armes.

— Mes bons amis, dit le jeune
homme en s'échauffant par degrés,
vous avez raison, il faut que je quitte
le pays, je ne puis être le témoin de
leur bonheur... Oui, mon parti est
maintenant pris!... Mais mon père,
mon père! le quitter à son âge, cela
est bien mal! Comme il sera affligé!

— Pauvre garçon! s'écria Guillot
en vidant son verre, je n'avais pas
songé à cela, moi, mille noms d'un
diable! Je n'ai jamais connu le chagrin que vous éprouvez, Bertrand,

ajouta-t-il avec sensibilité, mais je sens bien que si quelqu'un m'avait appelé son fils, je l'aurais aimé comme vous aimez votre père. Alors peut-être aurais-je encore mon bras, mais aussi je n'aurais pas cela... Eh! cela console de bien des choses!

C'était de sa croix d'honneur qu'il voulait parler, il la saisit et la pressa plusieurs fois sur ses lèvres.

— Je sais, Guillot, reprit le jeune Bertrand, que vous êtes un homme estimable, et je ne suis point surpris de vous entendre parler ainsi. Mais si Cécile, comme je n'en suis que trop certain, ne peut être ma femme, le sort en est jeté, je m'en irai aussi loin que Dieu le voudra; et si je restais ici, mon père, en me voyant souffrir, n'en serait que plus désolé... Qui sait? si cela peut se guérir, je reviendrai peut-être un jour... dans quelques années

— Comme vous dites, voisin Bertrand, répondit Jean Toussaint : quoique je ne sois pas plus content qu'il ne le faut de voir encore partir un bon garçon du pays, je crois que vous ferez bien. Je parlerai au papa Bertrand, si vous voulez me le permettre, et je lui ferai entendre la raison... Après tout, vous ne le quitterez pas pour toujours.

— Il faut l'espérer, dit le jeune homme à voix basse ; mais ferai-je un bon soldat, moi qui n'ai jamais obéi qu'à mon père ? Je vous le dis franchement, mes braves amis, je crains que les devoirs de ce nouvel état ne s'accordent point avec mon caractère ; et puis, qu'est-ce dans le monde qu'un soldat ? un pauvre esclave.

—Halte-là ! s'il vous plaît, Monsieur Bertrand, s'écrièrent à la fois les deux vétérans en posant rudement leurs verres sur la table.

— Un soldat! continua Guillot
avec chaleur, un brave soldat qui
aime son drapeau comme les toits de
son village, n'est point ce que vous
dites. Mille noms d'un diable!... on est
Français, après tout, Monsieur Bertrand; et cette idée-là vous fait trouver
du plaisir à obéir à de bons chefs,
des chefs qui sont les amis du soldat,
et non pas ses maîtres. Le soldat obéit,
c'est vrai; c'est son devoir : mais qui
donc n'obéit pas dans cette vie? Quand
on n'obéit plus à son colonel, on
a un maire, un préfet, que sais-je,
moi, tout ce qu'ils ont inventé? Allez,
Monsieur Bertrand, croyez-en un
vieux sabre à demi rouillé comme le
pauvre Guillot; il a perdu tout son
bonheur depuis le jour où il ne défile
plus avec la musique de son beau régiment : servir et obéir, c'est l'histoire de l'homme.

— Et celle de la femme, ajouta

Jean Toussaint avec un sérieux comique; madame Toussaint, que le diable ne pourrait faire manœuvrer, obéit à son mari.

— Ah! reprit Guillot avec l'accent d'une profonde sensibilité, qu'est devenu le temps où le son bruyant de la diane nous réveillait au milieu d'un beau rêve, quand la veille on avait bu la petite goutte, et qu'on s'était promené sur le glacis de la ville avec sa jolie maîtresse?... Que le diable m'emporte si jamais je l'oublie!... J'entends encore cette musique qui échauffe le cœur du soldat! Et quel beau coup d'œil notre régiment présentait quand il était en bataille! Tous ces uniformes propres, ces boutons brillants, ces buffleteries blanches, et ces armes, qui ressemblaient à des rayons du soleil... En avant, marche!... on dirait que le régiment n'est composé que d'un seul homme, il n'y a pas un pied qui devance l'autre, et le drapeau, agité par le vent, se déploie comme la voile d'un vaisseau sur cette masse d'hommes dont les rangs serrés n'offrent point d'issue aux lâches. Est-ce le tonnerre qui annonce un orage? c'est le bruit lointain du canon, le son du brutal, comme nous l'appelions, qui prédit une bataille. Le beau jour!... oui, que ce soit en hiver ou en été, que le champ de bataille soit un lac glacé ou de beaux champs couverts de moisson, c'est toujours un beau jour. Le Français n'aime pas à tirer de loin sur l'ennemi, il veut le voir de près; il veut tenir au bout de sa baïonnette ces Prussiens à longue queue, ces Russes à la poitrine rembourrée... En avant! en avant!... Ils tombent ou ils fuient... On embrasse son camarade épargné par la balle ou le boulet, on cherche celui qui a succombé... on jette un peu de terre sur son corps... Braves gens! combien en ai-je compté sur la terre, couverts de sang, qui ne reverront plus la France, qui ne raconteront à personne les batailles où ils se sont trouvés !... Mais tout cela est égal, la victoire est à nous ! Vive...

— Paix ! Guillot, dit Toussaint ; ce n'est plus cela, mon brave ami....

Les deux vétérans baissèrent tristement les yeux, et le jeune homme, qui n'avait pas écouté Guillot sans éprouver une vive émotion, les regarda tous deux avec un enthousiasme mêlé de respect. Dans ce moment madame Toussaint entra dans la salle, tenant un broc de vin à la main, certaine qu'en se présentant avec cette sauve-garde sa curiosité ne courait aucun danger.

— Ne vous fâchez pas, Toussaint, dit-elle, j'étais un peu éloignée quand vous m'avez appelée... N'était-ce pas

du vin que vous m'avez demandé ?...
Un, deux, trois brocs : oh ! je me
serai trompée.

— C'est égal, répondit Toussaint
de toute la hauteur aristocratique qu'il
put prendre, c'est égal, tu es la bien-
venue. Eh bien! est-ce que la place
d'un broc de vin n'est pas sur la table?
Allons, mignonne, ajouta-t-il en se
radoucissant, remplis nos verres de
ta belle main.

—Et ne ferez-vous pas comme nous,
madame Toussaint? dit Guillot. Est-
ce que les anciens vous feraient peur
maintenant? mille diables!... pardon
de l'expression.

—Comment donc, monsieur Guillot! répondit l'hôtesse, si cela peut
vous faire plaisir, ainsi qu'à monsieur Bertrand... Mais comme il est
triste, le pauvre jeune homme! Ce
qu'on dit dans le pays serait-il donc
vrai? Ah! il y a de l'amour sous jeu,

n'est-ce pas? On va bientôt voir de be les choses dans notre endroit.

—La voilà partie, dit Toussaint en soupirant; l'arrêtera maintenant qui pourra.

— Vous êtes bien le maître, Toussaint, répliqua vivement sa gracieuse épouse, vous êtes bien le maître de dire de votre femme tout ce qui vous passera par la tête. Ces messieurs savent que je ne suis point une bavarde, quoique vous ayez l'envie de me faire passer pour telle. Me suis-je jamais mêlée des affaires d'autrui? quelqu'un serait-il capable d'en rendre un faux témoignage? Est-ce moi qui ai découvert les amours de Jacques Pairet avec Claudine Ruban, quoique bien des choses que je n'approuve pas se soient passées sous mes yeux? Si l'on parle dans le pays des uns et des autres, je ne sais pas si c'est ma faute ou celle de langues plus affilées que

la mien ne. Mais pour en revenir à ce
qu'on vient de m'apprendre, vous devez le savoir mieux que qui que ce
soit, Monsieur Guillot. On dit que
M. Édouard va épouser la belle demoiselle du château, et que c'est une
affaire conclue.

— On dit cela? s'écria le jeune
homme d'une voix tremblante, serait-
il possible que cela fût vrai?

— Non, non, dit Guillot, cela n'est
pas, cela ne peut pas être; et si je connaissais celui ou celle qui ose répandre
ce bruit... mille millions de diables!..

— Ah! mon Dieu, Monsieur Guillot, continua l'hôtesse, ne me regar-
dez pas ainsi de travers; celui qui
m'a dit une chose qui paraît tant vous
fâcher ne m'a point demandé le secret: c'est M. Ragot, le secrétaire de
la mairie, et il faut avouer qu'il doit
bien le savoir.

— Il en a menti, reprit Guillot en

donnant un vigoureux coup de poing
sur la table; il en a menti autant que
la langue d'un homme peut se déshonorer par un mensonge. M. Édouard
est un jeune homme qui ne trahirait
pas ainsi une pauvre fille qui l'aime,...
et cependant...; mais qu'allais-je
dire? Non, je ne souffrirai pas qu'on
accuse M. Édouard, en ma présence,
d'avoir manqué à sa parole, fût-ce
pour une princesse.

— Qui vous dit cela? Qui songe à
accuser M. Édouard? s'écria l'hôtesse. Vous êtes souvent avec lui,
Monsieur Guillot, c'est la vérité;
mais quoique ni mon mari ni moi
nous ne puissions en dire autant, ce
digne jeune homme ne passerait pas
une seule fois devant la maison sans
me lever son chapeau si je suis sur
la porte, et sans entrer un moment
pour s'informer de mes nouvelles,
quand je suis dans ma cuisine.

— Allons, paix, paix, reprit Toussaint d'une voix formidable; tu ferais bien, madame Toussaint, d'y retourner un moment, à la cuisine, où il y a plus de choses qui te regardent qu'ici....

L'hôtesse avait l'excellente habitude de ne jamais élever de doute sur l'autorité conjugale, et elle se disposait à obéir sans répondre un seul mot à son mari, quand le vieux fermier parut tout-à-coup à l'entrée de la salle. Sa grande taille se dessina d'abord sur le seuil de la porte; il jeta dans l'intérieur un regard scrutateur, et il s'avança lentement, d'un air satisfait de son examen, auprès du groupe que nous venons de mettre en action. Jacques Bernard paraissait profondément affligé; sa physionomie respectable n'était point animée par ce sourire bienveillant qui annonçait ordinairement sa bonne humeur; elle était triste et soucieuse.

Il était pâle et comme souffrant, lui
dont la robuste santé n'avait jamais
causé la moindre inquiétude à ceux
qui l'entouraient. Il ne marchait
qu'avec peine, et il s'assit, affaissé,
sur la chaise qu'on lui présenta, en
écartant d'une main ses cheveux
blancs trempés de sueur qui étaient
tombés sur son front, et repoussant
de l'autre le verre que l'on s'empressa
de lui offrir.

L'inquiétude et l'air de souffrance
de Jacques Bernard, si généralement
aimé et respecté, n'avaient point
échappé aux personnes qui étaient
dans la salle; mais chacun attendit
en silence que le vieillard expliquât
lui-même la situation peu rassurante
dans laquelle on le voyait, ou qu'il fît
seulement connaître le motif de sa visite. Le jeune Bertrand tressaillit en
apercevant le fermier; une sorte de
pressentiment sembla l'avertir que c'é-

tait pour lui qu'il venait ; un léger tremblement agita tout son corps. Il se
leva, salua respectueusement le vieillard, et il baissa les yeux avec la timidité d'un enfant.

—Reste, mon garçon, dit Bernard
en lui tendant une main tremblante;
c'est toi que je viens chercher; je veux
aller avec toi chez ton père...; oui,
mon garçon, chez ton père; c'est une
chose que je t'expliquerai dans un
instant. Laisse-moi me reposer, je
suis fatigué... Merci, Toussaint, pas
aujourd'hui...: je n'ai besoin de rien.
Bonjour, Guillot; je vous cherchais
aussi, mon brave ami.

J'attendrai aussi long-temps qu'il
vous plaira, Monsieur Bernard, répondit le jeune homme frappé d'é-
tonnement et éprouvant une légère
sensation d'espérance.

—Comme il vous plaira, Monsieur Bernard, dit Toussaint;... ce-

pendant c'est la première fois que vous me refusez.

— Tout à votre service, papa Bernard, ajouta Guillot du ton affectueux avec lequel il parlait habituellement au vieillard... Il allait ajouter quelque chose, mais ses lèvres restèrent entr'ouvertes.

—Et cependant, dit aussi l'hôtesse, que la présence inattendue de Bernard avait un moment retenue dans la salle, si l'on pouvait, mon cher Monsieur Bernard, vous offrir autre chose que du vin?... sûrement vous ne vous gêneriez pas ici si vous étiez indisposé.

—Je ne suis pas en effet dans mon assiette ordinaire, sarpedieu! reprit le fermier en soupirant; mais cela ne sera rien, et je vous remercie tous du fond de mon cœur, mes braves gens. Oh! les vieux arbres sont comme les jeunes plantes, les premiers n'ont plus la force que les autres n'ont pas en-

core, et le moindre orage peut les tuer.
Mais que la volonté de Dieu soit faite!
comme dit notre bon curé, et ce serait une honte que Jacques Bernard
eût moins de courage que lui. Sur ce,
mes amis, je me sens plus de force
maintenant, et il faut que je vous quitte.
Voici une lettre, Guillot, ajouta-t-il...,
une lettre pour M. Édouard.

Il leva les yeux au ciel, et hésita
un moment avant de remettre le billet à Guillot, qui regardait le vieillard
avec un étonnement difficile à peindre.

— Oui, Guillot, continua-t-il avec
effort, voici une lettre que je vous prie
de porter sur-le-champ à M. Édouard,
elle est très importante... J'ai mis
bien du temps pour l'écrire, quoiqu'elle ne contienne que quelques
mots. Quant à vous, Bertrand, mon
brave garçon, conduisez-moi chez
votre père; nous avons été fâchés bien
long-temps ensemble, peut-être était-

ce moi qui avais tort. Au surplus notre dernier procès est terminé. Tu m'offres ton bras, ma foi! je le veux bien aujourd'hui, cela va mal, mes jambes ne m'ont jamais porté avec tant de peine. Au revoir, bonnes gens.

— Qu'est-ce que cela veut dire? mille millions de diables!... dit Guillot en se levant, mais sans oublier d'exprimer dans son verre le reste du broc de vin. Je m'en vais à l'ordre : Toussaint, sans adieu; et que le diable m'emporte si mon cœur ne fait pas tic toc.

Toussaint et sa femme accompagnèrent le vétéran, et le suivirent des yeux aussi long-temps qu'il purent l'apercevoir.

—Dites encore que je suis une folle, Toussaint, dit l'hôtesse à voix basse, mais d'un air triomphant. Je veux passer pour la plus mauvaise langue du pays, s'il n'y a pas du nouveau chez les Bernards, et cela à cause de M. Édouard.

— Cela se peut, Toinette, répondit Toussaint en hochant la tête, mais cela ne nous regarde pas, et le chagrin de ce vieux brave homme n'est pas un sujet qui doive occuper la langue des commères : entends-tu bien, ma douce amie ? En avant, marche! Madame Toussaint.

Nous serons moins réservés que l'honnête et sévère cabaretier, et nous allons faire connaître au lecteur le sujet de l'affliction dans laquelle le fermier a paru plongé : ce sera en même temps le moyen de justifier le titre que nous avons donné à ce chapitre.

Quand le général apprit d'une manière si imprévue la cause réelle de l'inquiétante maladie de sa fille, il ne douta pas qu'il ne dépendît entièrement de lui d'y mettre un terme. Il

pensa que si Athénaïs ne lui avait pas
confié plus tôt ce secret important,
c'est qu'elle craignait de voir repous-
ser sa demande. Athénaïs pouvait,
suivant son père, aspirer au parti le
plus brillant. Elle avait refusé tous
ceux qui s'étaient offerts, elle avait
rejeté les alliances les plus conformes
aux goûts et à l'ambition du général.
À son tour il aurait eu le droit de
combattre un choix que le peu de
fortune d'Édouard lui faisait regarder
comme disproportionné, car il est
bien évident que les avantages pécu-
niaires sont aujourd'hui les seuls qui
entrent en balance dans les arrangements qui précèdent les mariages
La beauté ainsi que la vertu sont co-
tées à la Bourse, et l'on prend une
femme comme on acquiert une in-
scription de rentes, à la hausse ou à
la baisse. Le général était décidé à ac-
céder au vœu de sa fille, et ce n'était

pas la moindre preuve de sa tendress
paternelle qu'il crût lui donner et qu'i
lui donnât en effet. Il était convainci
qu'Édouard ne recevrait la main d'A
thénaïs que comme une faveur signa
lée et avec une respectueuse recon
naissance. D'après quelques mot
échappés à Athénaïs, le jeune homme
il est vrai, paraissait avoir une autr
inclination ; mais, pensait le général
quelle amourette de village pourr
balancer dans le cœur d'Édouar
l'offre de la main d'Athénaïs, si bell
et si riche ? D'ailleurs, si son cœur n'é
tait pas séduit par ce don inappré
ciable, car il y a de telles bizarrerie
dans l'esprit humain, qu'on ne peu
répondre de rien, il est du moin
certain que la raison ne lui permettr
pas d'hésiter ; et l'important, ajouta
t-il, c'est que ma fille soit satisfaite

C'est ainsi que raisonnait le général Des-Marais, en père bon et facile,

mais en homme aveuglé par les préjugés que lui inspirait son immense
fortune. Il écrivit donc à M. Manuel,
et il attendait sa réponse avec cette
assurance et ce contentement intérieur qui n'admettent pas même la
possibilité d'un refus. Sa lettre était
un chef-d'œuvre, suivant lui; sans
s'expliquer positivement, il faisait entendre au vieillard combien il avait
conçu d'estime pour le caractère d'É-
douard, et il laissait soupçonner qu'il
ne rejeterait point ses vœux, lors
même qu'il viendrait lui demander la
main de sa fille.

Mais Édouard ne vint pas, comme
il l'espérait, se jeter à ses genoux
pour le remercier de sa magnanimité;
le curé répondit franchement et sans
chercher ses expressions à tout ce qui,
dans la lettre du général, était pour
ainsi dire caché sous un voile de mots
diplomatiques. Il lui déclara qu'É-

douard était absolument libre de se choisir une épouse, et que jamais, à cet égard, il ne se permettrait de diriger sa conduite par des conseils dont sa conscience pût être responsable. Bien certainement M. Manuel s'empressait de reconnaître les immenses avantages qui résulteraient pour Édouard d'une union avec mademoiselle Athénaïs, mais il craignait que son cher élève ne considérât moins ces avantages réels que les sentiments plus doux d'un ancien attachement dont il se montrait peu disposé à abandonner les tendres espérances.

Cette lettre frappa le général d'un profond étonnement; elle rendit nécessaire un nouvel entretien avec Athénaïs, et il apprit alors tout ce qui s'était passé entre elle et Edouard. Sa fierté se révolta un moment contre l'idée d'aller solliciter le consentement du jeune homme. Plus sa sécurité avait été par-

faite, plus sa colère et sa douleur furent
violentes. Mais l'aspect de sa fille mourante levant sur lui des yeux presque
éteints, les larmes de la comtesse, qui
avait gardé le silence parcequ'elle pré-
voyait cette évènement, désarmèrent
sa rigueur d'homme riche et ambi-
tieux, il ne fut plus que père. L'espoir d'arracher sa fille à une mort
lente et cruelle vint encore remplir
son cœur; mais il cessa de compter,
pour toucher Édouard, sur le prestige
de la fortune. Il écrivit donc de nouveau à M. Manuel pour lui demander
un entretien, en le priant d'inviter
Jacques Bernard à y assister. Il n'a-
vait aucun plan arrêté, il ne savait
point encore quelle tournure pren-
drait cette réunion; il était père, et sa
fille se mourait...

L'heure est venue, le général descend à pied la colline de Crossey, et
il se rend au presbytère, agité tour à

tour par la crainte et les vagues sen-
sations de l'espoir. Il est vêtu d'une
redingote bleue dont un simple ruban
rouge orne la boutonnière; il est triste,
préoccupé, et il souffre cruellement
d'un malheur si imprévu, si étrange.

Jacques Bernard venait d'entrer au
presbytère, et le curé n'avait eu le
temps de lui donner aucune explication, quand le général fut introduit
par la vieille servante.

— Bonjour, Messieurs, dit-il avec
une politesse un peu contrainte. Je
suis enchanté de vous voir, quoique
je ne puisse m'applaudir de la circonstance qui nous rassemble.

— Soyez le bien-venu, Monsieur,
répondit le curé; je présume qu'il n'a
pas dépendu de vous que j'eusse l'honneur de vous recevoir plus souvent au
presbytère; mais vous pouvez compter
sur le vif désir que j'ai de vous voir
aujourd'hui du moins le quitter plus

satisfait. Voici Jacques Bernard, Monsieur, que je n'ai pu instruire du motif de notre réunion....

— Oh! Monsieur Bernard m'est connu depuis bien des années, reprit le général, je le revois avec un vif plaisir.

— C'est trop d'honneur pour moi, Monsieur Des-Marais, répondit le fermier. Ah! il s'est passé bien des choses depuis un certain temps ; mais, au surplus, tant mieux pour vous, Monsieur, et si jamais je pouvais vous être utile, Général, vous ne trouveriez pas Jacques Bernard plus fier qu'à une autre époque... Attrape! ajouta en lui-même le bon fermier.

— Hélas! Monsieur Bernard, les hommes, qui sont les jouets des évènements, continua le général, sont encore soumis à une foule d'obligations que leur impose le rang où ces évènements les placent. On est sévère,

Monsieur Bernard, envers ceux qui
sont sortis tout-à-coup de la position
dans laquelle ils étaient nés ; on est
sévère, mais on est souvent injuste.
Croyez bien, mon cher Monsieur Bernard, que tel homme accusé d'orgueil
et d'insensibilité, parcequ'il est obligé
de se conformer aux mœurs de la classe
dans laquelle il est entré, a regretté
plus d'une fois son heureuse et ancienne obscurité, en gémissant dans
le fond de son cœur sur les ennuis
attachés à l'étiquette et aux usages du
grand monde.

— Eh ! sarpedieu ! Monsieur Des-
Marais, répliqua Jacques Bernard
en tendant gaiement la main au général, si j'ai dit quelques paroles de
travers, il ne fallait pas y faire attention ; vous savez que nous autres
bonnes gens nous ne savons guère
déguiser nos pensées. On a pu se
tromper sur votre compte, Monsieur

Matthieu, cela est vrai, et pour ma part, je vous en demande pardon. Après tout, vous êtes un brave homme, et vous vous êtes bien conduit dans l'affaire du pré.

— Cependant, Monsieur Bernard, dit le général, quoique vos éloges me soient bien doux à entendre, je dois vous avouer qu'on ne m'aurait pas trouvé si facile dans cette circonstance, sans l'intervention de M. de Crossey... Oui, Messieurs, je m'interresse vivement à ce jeune homme.

Bernard, étonné, regarda le curé d'un air significatif et qu'on aurait pu traduire par ces mots : Eh bien! vous l'entendez, Monsieur le curé, qui aurait jamais dit cela? M. Manuel, qui attendait en silence, mais non sans émotion, que le général s'expliquât enfin sur le véritable sujet de sa visite, se contenta de courber la tête en signe d'assentiment, mais ce bon fermier, qui ignorait le motif de la démarche du général, ne put l'entendre s'exprimer ainsi sur le compte d'Édouard sans s'abandonner à cette sensibilité chaleureuse qui remplissait son cœur simple et vertueux.

— Vous vous intéressez à notre cher Édouard, Monsieur Des-Marais?... s'écria-t-il, que je suis content de vous entendre parler ainsi ! On peut bien le dire, jamais un plus brave jeune homme ne mérita mieux que lui l'affection sincère de tous ceux qui le connaissent. Ça vous est vif, un peu emporté même, parceque, vous entendez bien, Monsieur Des-Marais, que c'est dans le sang, et que M. Édouard sait bien d'où il sort ; mais cela ne l'empêche pas d'être doux et poli avec tout le monde : c'est l'honneur du pays, et l'on peut ajouter qu'il en est l'idole, aussi bien que monsieur le curé... Oh ! vous avez

beau me faire des signes, Monsieur
Manuel, c'est la vérité ; et sarpedieu !
Jacques Bernard peut bien le dire
sans vous offenser. Oui, Monsieur
Des-Marais, notre cher Édouard passe
sa vie à faire du bien., il connaît les
lois aussi bien que qui que ce soit,
on suit ses conseils, parcequ'il en
donne de bon cœur et dans l'intention d'éviter des procès ruineux. Ne
m'a-t-il pas appris, à moi qui vous
parle, Monsieur Des-Marais, malgré
mes soixante-huit ans, ne m'a-t-il
pas appris une nouvelle méthode pour
élever les vers à soie, et bien meilleure
que celle que nous suivions ! Touchez
donc là, Monsieur Des-Marais, encore
une fois, puisque vous êtes l'ami de
notre Édouard.

— Oui, je suis son ami, Monsieur
Bernard, répondit le général, et j'espère ne point sortir d'ici sans vous
en donner une preuve éclatante. Vous

pensez déjà, je l'espère, Messieurs, que j'ai été méconnu dans ce pays, et que c'est à tort qu'on a douté de mes bonnes intentions. Ce que j'ai à vous dire maintenant est fort délicat sans doute, mais puisqu'il s'agit de M. Édouard,... de son bonheur,... c'était d'abord à vous, qu'il honore avec tant de raison comme les protecteurs de son enfance, que je devais en parler.

— Il est certain, ajouta Bernard en regardant le curé, qu'il nous a souvent montré tous les égards qu'on ne doit qu'à ses parents ; mais, malgré cela, je ne sais trop si j'ai le droit de me mêler de ses affaires.

— Avant tout, Jacques, dit le curé, il me semble qu'il faudrait savoir de quoi il s'agit. Je n'ai pas plus que vous le pouvoir de diriger la conduite de M. Édouard ; mais quand nous connaîtrons les intentions de Monsieur, nous jugerons beaucoup mieux si notre intervention dans ses affaires personnelles peut nous être permise.

— C'est cela, Monsieur le curé, répondit Bernard, vous avez toujours raison. Supposez, Monsieur Des-Marais; que je n'ai rien dit.

— Je connaissais, Messieurs, votre honorable délicatesse, continua le général, et je n'en suis point surpris, c'est le caractère de la véritable vertu de paraître ignorer jusqu'au bien qu'elle a fait. Je sais cependant, Messieurs, que si M. Édouard vous a justement voué les sentiments d'un fils, il a reçu de vous tous les soins que n'ont pu lui prodiguer ses malheureux parents... Je n'insisterai pas davantage sur des détails qui, je le vois, semblent importuner vos cœurs généreux, je puis du moins dire que vous aimez tendrement, sincèrement ce jeune homme.

—Ah! c'est bien la vérité! s'écria Ber_

4.   8

nard en posant une main sur son cœur.

— Ce sera donc à ce titre seulement, reprit le général, qui crut alors son auditoire suffisamment préparé, que je prendrai la liberté de vous consulter. Que penseriez-vous, Messieurs, d'un homme qui, se souvenant de l'appui qu'il trouva autrefois dans la noble famille de Crossey, chercherait aujourd'hui à réparer envers son jeune héritier les torts de la fortune? Que penseriez-vous de cet homme qui voudrait fournir à M. Édouard tous les moyens de reprendre le rang qu'occupaient ses ancêtres, et d'en soutenir dignement l'honneur?

— Cela est-il possible? s'écria Bernard en regardant le général avec attendrissement.

— Paix, Jacques, paix, dit le curé en fixant le fermier avec inquiétude. Pourquoi seriez-vous surpris de trouver dans un autre le sentiment d'une

belle action que vous avez éprouvé tant
de fois?

— Oh! je n'en suis point jaloux,
Monsieur le curé, répondit-il, à Dieu
ne plaise!... mais cette idée seule me
rend ivre de joie et de bonheur.

— Eh bien! Messieurs, continua
le général, j'ai l'intention d'accomplir le bien que vous avez commencé.
Quand je dis accomplir, je n'entends
point cependant comparer mes sacrifices aux vôtres; vous avez fait de
M. Édouard un homme aussi honorable que vertueux, et je me borne à
lui offrir cette aisance, cette indé-
pendance de la fortune, à laquelle seule
on accorde les distinctions sociales.
Je veux donc rendre à M. Édouard le
château de ses pères et la plupart des
biens qui en dépendent et qui sont en
ma possession.

— Cela est beau! cela est beau! dit
Bernard qui ne pouvait plus conte-

nir son émotion. Comme nous vous avions mal jugé, Monsieur Des-Marais!

— Ne vous en inquiétez point, Monsieur Bernard, continua le général; cela arrive si souvent dans le monde, que, pour en être surpris, il faudrait avoir bien peu d'expérience. Vous connaissez maintenant mes intentions, Messieurs, et je vous prie de m'aider de vos conseils; il s'agit de savoir comment on pourra faire accepter mes propositions à M. de Crossey, sans blesser en lui un juste orgueil...

— Sarpedieu! s'écria Bernard en se frappant le front, je n'y songeais pas; oui, voilà le difficile. Et il approcha son siége de celui du général.

— En second lieu, ajouta M. Des-Marais, quelle que soit, dans cette circonstance, la sincérité des sentiments qui m'animent, je ne vou-

drais pas cependant qu'on pût croire
que je fais à M de Crossey une
sorte de restitution. Ces biens que je
voudrais voir passer de nouveau dans
ses mains m'appartiennent légitime-
ment, et vous le savez, Messieurs,
comme tous les habitants de ce pays.
Quel moyen pourrait-on employer
qui remplit à la fois mes intentions,
et ménageât la juste susceptibilité de
M. de Crossey aussi bien que la
mienne?

— J'aime à croire, Monsieur, dit
alors le curé, que vos intentions sont
aussi pures qu'elles me paraissent ho-
norables et généreuses. Je vous remercie sincèrement, pour ce qui me
concerne, de tout le bien que vous
voulez faire à un noble et malheureux jeune homme que je me suis
habitué à regarder comme mon pro-
pre fils, et qui est si digne de l'intérêt que vous lui portez...

— Oui, ajouta Bernard en interrompant M. Manuel, vous serez estimé de tout le monde, M. Des-Marais, et quiconque s'avisera maintenant devant moi de parler de vous peu respectueusement aura recours à ses jambes s'il veut éviter quelque chose de mieux que des reproches.

— Cela est très bien, reprit le général en souriant, et je dois vous savoir gré de votre bienveillance; mais enfin, comment sortir de l'embarras où nous sommes? Tenez, Messieurs, avec des personnes aussi honnêtes que vous, c'est une honte de cacher une seule de ses pensées; je crois avoir trouvé un moyen honorable, le seul peut-être qui soit digne de M. de Crossey et de moi, de lever tous les obstacles que présente le projet dont j'ai eu l'honneur de vous entretenir; j'ai une fille, Messieurs...

Jacques Bernard tressaillit; une dou-

loureuse inquiétude se manifesta dans
ses regards, et dans l'expression de tristesse et d'étonnement qui se répandit
sur ses traits respectables; M. Manuel
baissa la tête et voulut en vain retenir
dans son sein un gémissement profond qui exprimait toutes les craintes
que les derniers mots de M. Des-Marais venaient de lui inspirer.

— J'ai une fille, continua le général, évitant de remarquer l'effet
qu'il venait de produire sur ses auditeurs; dans toute autre circonstance ce ne serait point à moi qu'il
appartiendait de faire son éloge; mais
j'ose dire que l'éducation qu'elle a
reçue, à part les dons qu'elle tient de
la nature, la rendent digne des hommages les plus élevés. Je l'aime, Messieurs, je l'aime tendrement, et je
croirais lui donner une preuve bien
vive de mon affection paternelle
en lui donnant M. de Crossey pour

époux. Je sais qu'il se présente encore ici d'autres objections , mais
elles seraient faciles à détruire , et il
est impossible que M. de Crossey re-
fuse la fortune et la main de ma
chère Athénaïs. Je ne parle pas d'une
autre considération tirée de quelques
préjugés , sans influence , je le crois ,
sur un cœur aussi libéral , sur un
esprit aussi éclairé que celui de mon
gendre futur ; permettez-moi de donner ce nom à M. de Crossey. Sa famille est ancienne, mais elle est oubliée; la mienne est nouvelle sans
doute, mais la noblesse acquise sur
les champs de bataille a bien aussi
quelques droits à l'estime et à la considération. Je commence comme le
premier ancêtre de M. de Crossey a dû commencer.

Un profond silence régna dans l'appartement. Le général attendit un
moment la réponse des deux vieil-

lards, et il se flattait avec raison
qu'ils entreraient dans ses projets
en faisant à leur dévouement pour
Édouard le sacrifice de leurs affections privées.

— Cécile! ma pauvre Cécile! s'é-
cria douloureusement Bernard. Hélas! Monsieur Des-Marais, continua-
t-il, c'est mon devoir de désirer le bonheur de M. Édouard, même aux dépens du mien et de celui d'une
autre personne qui ne supportera pas
avec autant de courage que je le dé-
sirerais la nouvelle de ce mariage
que vous proposez. Mais c'est mon
devoir de tout vous dire... quoique
cela soit bien orgueilleux de ma part,
je n'étais pas sans espérance de nom-
mer M. Édouard du nom que vous
lui donniez il n'y a qu'un instant. J'ai
aussi une fille, Monsieur Des-Marais,
et je l'aime!... je la chéris comme
vous aimez, comme vous chérissez

la vôtre, pour ne rien dire de plus...

Il se leva à ces mots ; il n'en put dire davantage, et se promena à grands pas dans la chambre, en essuyant son front inondé de sueur. Les sentiments dont il était affecté étaient trop vrais, leur expression était en quelque sorte si sacrée, que le général, vivement ému, se serait reproché d'avoir troublé le cœur du digne fermier, si les jours d'une fille adorée n'avaient été attachés au succès de sa démarche.

— Au nom du ciel ! mon cher Bernard, dit M. Manuel, ne vous désolez pas ainsi, mon cœur est brisé comme le vôtre ; mais songez, mon vieil ami, quels devoirs nous sont imposés. L'enfant qui nous fut confié dans des jours malheureux est sans doute le maître de ses affections, et nous ne pouvons prendre en son nom aucun engagement qu'il n'ait le droit de méconnaître. Cependant, Jacques, souvenez-vous des entretiens que nous avons eus ensemble à ce sujet ; souvenez-vous des vœux que nous avons faits pour Édouard ; quand la Providence semble les accueillir, n'aurions-nous plus le courage de le voir heureux ?

— Hélas ! Monsieur Manuel, répondit Bernard, je m'étais habitué à une idée qu'il faut maintenant oublier. Hier encore je les regardais tous les deux... pauvre Cécile !... sa main était dans celle d'Édouard, leurs yeux se rencontraient à chaque instant ; ils parlaient de l'avenir... et moi, je jouissais de leurs espérances et de leurs plaisirs... ils s'aiment, Monsieur Des-Marais, ils s'aiment...

— Monsieur Bernard, reprit le général avec une émotion qui n'était pas feinte, j'ignorais... je ne croyais pas que l'attachement dont vous par-

lez eût conduit M. Édouard si loin...
Je conçois tout ce qu'il doit en coûter
à un père de contrarier des affections
qu'il a long-temps, sinon encouragées,
du moins protégées par son silence.
Je sens combien cet obstacle imprévu est difficile à surmonter.

— Ma fille, répondit Bernard avec
noblesse, ne sera jamais un obstacle
au bonheur de personne, et moins
encore à celui de M. de Crossey ; et
cependant, Monsieur Des-Marais, je
me flatte que M. Édouard n'y re-
noncerait pas même pour acquérir
une plus grande fortune que celle

qu'il pourra espérer en s'alliant à
vous. Non, le jeune homme est in-
capable d'une pareille action; mais
moi, Monsieur, moi, je dois con-
sidérer ses seuls intérêts, et je connais assez le cœur de ma Cécil epour
être certain qu'il ne démentira pas
ma conduite et ne s'opposera pas

aux arrangements que je prendrai...

—Dieu vous bénisse, Jacques!... dit le curé en prenant la main de son ami.

Ils se regardèrent avec attendrissement, et les sanglots étouffèrent leurs voix.

— Ah ! s'écria le général, entraîné sans doute par le respect et l'enthousiasme que ces deux hommes vertueux lui inspirèrent, j'abandonne de vains détours indignes de mon caractère ; je ne veux point usurper une estime inappréciable, je veux que vous connaissiez toute la vérité. Ma fille est mourante, elle aime Édouard d'un amour que rien ne peut vaincre, que rien ne peut remplacer. Si elle n'est pas l'épouse de ce jeune homme, elle est perdue pour moi ! c'est sa vie, que je suis venu vous demander, sa vie qui fait le charme de la mienne, et sans laquelle je regretterais d'avoir été épargné si souvent quand la mitraille moissonnait tant de braves autour de moi... J'en suis convaincu, Monsieur Bernard, Édouard ne renoncera point à votre aimable fille, il rejettera mes offres tant que Cécile pourra être à lui... pardonnez - moi de vous avoir trompé un moment, vous êtes père, et vous savez s'il est des moments où l'on peut sacrifier aux affections que ce titre sacré nous inspire, sa fierté, les préjugés du monde, son sang, sa vie...

—Oui, je suis père, dit Bernard avec tristesse, et je conçois vos chagrins, je les éprouve déjà moi-même... Je vais remplir un devoir pénible, et à mon tour je vais vous dire que, regardant le bonheur de M. Édouard comme un dépôt dont je devrai compte à Dieu et à ma conscience, c'est pour lui seul, c'est pour lui assurer un avantage dont on dit qu'un homme de sa naissance ne peut se passer, que

je sacrifie l'amour de ma fille, de ma
pauvre Cécile... Vous avez toujours
été un ami pour notre famille, Monsieur Manuel, et vous ne l'oublierez pas
dans cette circonstance, n'est-ce pas?
vous viendrez voir ma Cécile?... elle
aura bien besoin de vos bonnes paroles.

  —Jacques, répondit le curé, il est
bien vrai que je suis votre ami ; et si
votre cœur ne m'était connu depuis
long-temps, ce que vous faites aujour-
d'hui me frapperait d'admiration, et
je regarderais comme un bonheur de
mériter le nom que vous me donnez.
Hélas ! mon cher Jacques, c'est peut-
être en vain que nous accomplissons
aujourd'hui l'ouvrage commencé il y
a vingt-cinq ans ; c'est en vain que
nous remplissons nos derniers devoirs
envers le fils du meilleur, du plus
vertueux des hommes, je crains encore
que la nature, plus forte que notre
fidélité, ne détruise bientôt tous nos

plans. Mais enfin, Jacques, comme
je vous l'ai dit souvent, celui qui ne
craint sur sa conduite ni le jugement
de Dieu ni celui des hommes, a fait
tout ce qui lui était possible ; et quand
je dis nous, mon cher Jacques, c'est
que vos chagrins sont les miens, c'est
que vos affections sont les miennes,
c'est que j'aime votre Cécile comme
vous l'aimez...

— Oh! je le sais, je le sais, reprit
Jacques, et c'est une grande consolation pour moi de penser que vous
m'approuvez. Soyez tranquille, Monsieur Manuel, Édouard sera riche et
puissant, il n'épousera pas la fille
d'un fermier... oui, j'en réponds, le
moyen que je vais prendre est infail-
lible. Au reste, ajouta-t-il avec sensibilité, j'ai toujours été honnête
homme, Monsieur le curé, personne
dans tout le pays n'oserait dire le
contraire ; je suis vieux, et je dois

m'attendre à aller bientôt rendre
compte à Dieu de toutes mes actions.
Oui, maintenant mes plus beaux
jours sont passés, je vivais dans l'a-
venir de ma Cécile, et je sens que je
ne verrai pas long-temps son désespoir ni la prospérité de M. Édouard.

Il mesura de nouveau l'appartement à pas précipités ; il soupirait
profondément ; et paraissait en proie
à la plus vive douleur. M. Manuel
voulut aller à lui ; mais le général,
vivement agité lui-même, fit avec la
main un geste de supplication et
d'instance qui retint le bon curé.
Après quelques instants d'un silence
dont il serait difficile de peindre l'effet, Bernard s'approcha d'un secrétaire et écrivit quelques mots sur un
papier qu'il ploya ensuite sous la forme
d'une lettre.

— Monsieur, dit-il au général
d'une voix étouffée, vous pouvez

4.   8.

retourner au château, auprès de Mademoiselle votre fille, allez lui dire que ce n'est plus ma Cécile qui peut maintenant contrarier vos projets. Aujourd'hui même elle sera la femme d'un autre que M. Édouard.

CHAPITRE XIX.

Le Sacrifice.

M. Manuel et le général étaient trop sincèrement affectés de la scène qui venait d'avoir lieu, pour retenir Bernard, ou seulement pour lui demander l'explication de ses dernières paroles. Quand le bon fermier eut quitté le presbytère, ils demeurèrent quelques instants comme plongés dans une méditation profonde. Ils se regardèrent silencieux et tristes sans pouvoir se communiquer les pensées qui remplissaient leur esprit. Le général espérait, d'après les révélations d'Athénaïs, qu'Édouard n'avait voulu épouser Cécile que pour obéir à un sentiment d'honneur et de délicatesse, puisqu'il avait pu croire sa parole engagée jusqu'à un certain point. Mais si la rupture venait du côté de Cécile, Édouard ne devait plus hésiter à s'abandonner au penchant que bien certainement Athénaïs lui avait inspiré. Cependant cette sorte de traité fait ainsi en l'absence d'Édouard ne pouvait le rassurer entièrement; il rendait trop de justice au caractère du jeune homme pour ne pas le croire au-dessus des séductions de la fortune et du rang, et il craignait cette énergie vertueuse dont il avait donné tant de preuves dans le pays depuis qu'il était devenu homme.

Ces craintes étaient aussi celles de M. Manuel. Cet homme si bon et si généreux, dont l'âme noble et pure n'avait de sympathie que pour le bien, venait de prouver que la perfection n'est pas dans la nature de l'homme. Victime vieillie des préjugés odieux qui formaient autrefois le lien commun de la société, il semblait avoir oublié ses malheurs, et dans cette circonstance, son dévouement inaltérable pour Édouard lui avait fermé les yeux sur les chagrins que devait coûter à son élève chéri l'héroïque résolution de Bernard. Les larmes que cette séparation inattendue et cruelle pouvait coûter à Cécile, la douleur paternelle de son ancien ami, s'étaient effacés à ses yeux devant l'avenir brillant qu'on promettait à son Édouard. Mais à peine le fermier eut-il repoussé la porte de l'appartement, que ses sentiments de bonté naturelle, égarés un moment par des espérances si en harmonie avec les vœux qu'il avait long-temps formés, se réveillèrent en lui dans toute leur force. Il devina le désespoir de Cécile et peut-être la colère d'Édouard.

— Monsieur, dit-il au général en

interrompant tout-à-coup le sombre
silence qui régnait dans l'appartement, Bernard et moi nous avons
fait maintenant tout ce qui était en
notre pouvoir; je ne sais.... mais je
ne suis pas tranquille; j'ai besoin de
revoir Édouard, et je voudrais en
même temps être auprès de Cécile!...
Ah! Monsieur, je crains que nous
ne nous soyons trompés.

—Je ne suis pas plus calme, répondit le général; mais enfin j'ai un
peu plus d'espoir. Peut-être me trom-
pai-je? Ma fille! ma fille,... croyez-
vous que je la sauverai, Monsieur le
curé?

—Et qui peut, reprit le curé, qui
peut prévoir la détermination d'un
jeune homme ardent et passionné?
Combien je suis touché de l'affliction
dans laquelle je vous vois plongé! Je
n'aurais jamais cru que le bonheur
d'Édouard dût être précédé de tant

de peines, dût coûter tant de larmes...... Mais ne perdons pas de temps, Monsieur; à notre âge, on voit souvent briser par un enfant des plans mûris par la sagesse; la jeunesse est vive et prompte, il suffit d'un instant, quand elle est agitée par des passions, pour qu'elle se porte aux excès les plus malheureux..... Je vais à la ferme de Be____rd, retournez chez vous, il est possible que vous m'y voyez bientôt.... Mon devoir sera de me rendre auprès de la jeune fille que je croirai la plus malheureuse.

— Quoi qu'il en soit, ajouta le général avec sensibilité et en aidant M. Manuel à descendre l'étroit escalier du presbytère, je n'oublierai jamais votre bonté.... Veuillez, à votre tour, Monsieur le curé, vous souvenir de votre promesse. Venez souvent au château, et croyez bien que si j'ai eu des torts involontaires envers les habitants de ce pays, je ferai désormais tous mes efforts pour les réparer.

Tandis que M. Manuel se dirigeait lentement du côté de la ferme de Bernard, le général revenait auprès de sa fille. Athénaïs l'attendait avec plus de calme et de tranquillité que, dans l'état fâcheux où elle se trouvait, on ne pouvait raisonnablement l'espérer; c'est qu'à la fin le désespoir produit tous les effets du courage, en faisant passer dans notre âme cette résignation passive qui est la dernière force du malheur. Un sourire mélancolique effleura ses lèvres pâles quand, levant ses yeux fatigués, elle vit entrer son père qui affectait la joie du triomphe. La comtesse était auprès d'elle. Athénaïs n'avait pu encore apprécier les excellentes qualités de sa mère; jusqu'alors élevée loin d'elle, et habituée à un monde pour lequel l'humble Catherine Ledoux ne se croyait pas faite, elle ne connaissait pas toutes les douces vertus de celle à qui elle devait le jour. Mais depuis le dérangement de sa santé, les tendres soins, les consolations dictées par l'enthousiasme maternel, qui lui avaient été prodigués par cette femme simple et bonne, avaient fait sur son cœur une vive impression. Elle recevait avec reconnaissance ses caresses touchantes, ses avis maternels; et peu à peu la paix rentrait dans son âme. Elle était attendrie, elle devenait fière de sa mère, et se reprochait, en se jetant dans ses bras, de l'avoir si long-temps méconnue.

— Le voilà, dit-elle à sa mère d'une voix timide en apercevant le général... Ne craignez rien, je puis désormais tout entendre. Oh! que je voudrais vivre maintenant pour jouir de votre tendresse, ma chère maman!

— Tu vivras, mon Athénaïs, réspondit la comtesse en tressaillant à la fois de crainte et d'espérance, tu vivras pour notre bonheur.

— Athénaïs, ajouta le général, je t'apporte une bonne nouvelle... Je crois que tes désirs seront satisfaits.

Elle se leva sur son séant, une rougeur passagère éclaira ses traits, et elle examina son père avec une attention inquiète.

— En êtes-vous certain, mon père? dit-elle; votre tendresse pour moi ne vous aveugle-t-elle pas? N'avez-vous pas l'intention de me tromper un instant pour m'épargner quelques pleurs?... Je n'en ai plus, mon père. Pourquoi reculer encore la connaissance de mon sort? j'y suis préparée... Dites, dites-moi toute la vérité.

— Te tromper! Athénaïs, reprit le général, peux-tu le supposer? Ce moyen serait indigne de moi, indigne de ta raison et de ton courage...

Mademoiselle Cécile Bernard se marie.

— Avec lui ! s'écria Athénaïs ;... et voilà la bonne nouvelle que vous m'apportez ? Est-ce avec Édouard, mon père ? Et elle fixa de nouveau sur lui des yeux égarés, comme si elle eût voulu lire dans le cœur de son père. Le général soutint avec calme ce douloureux examen.

— Non, Athénaïs, répondit-il, ce n'est point M. Édouard qui sera son époux ; le père de Cécile en a décidé autrement.

Athénaïs poussa un faible cri de joie et se jeta dans les bras de sa mère.

On s'attendait à chaque instant à voir Édouard au château. Athénaïs était plongée dans une sorte de rêverie douce et calme. Aux violents transports de la fièvre ardente qui l'avait consumée, succédait en elle une émotion d'un caractère mélancolique,

mais tendre et paisible comme l'espoir
qui rentrait dans son cœur. Elle s'en-
tretint durant plusieurs heures avec
son père de choses étrangères au sentiment profond dont l'exaltation lui
avait fait tant de mal. Cependant
Édouard ne paraissait pas... Enfin un
domestique favori, Joseph, entra dans
la chambre de la malade, et dit quelques mots à l'oreille du général... Il
pâlit. On venait lui apprendre que
M. Manuel désirait avoir sur-le-champ
un entretien secret avec lui. Il prit les
mains blanches de sa fille, les serra
dans les siennes; il y attacha plusieurs
fois ses lèvres, et suivit le domestique,
en proie à une incertitude déchirante,
et qu'il n'avait plus la force de dissi-
muler.

En sortant du cabaret de Jean Toussaint, Bernard accompagna Bertrand
chez son père. Ils étaient tous les deux
silencieux et préoccupés; le jeune

homme attendait avec une respectueuse inquiétude que le fermier s'expliquât, et il cherchait vainement en
lui-même à deviner la cause d'une
démarche aussi inattendue. Un pressentiment secret lui disait bien que
son amour pour Cécile n'était pas
étranger au rapprochement dont il
allait être le témoin ; mais comment
Jacques Bernard avait-il pu vaincre
aussitôt son éloignement pour son
père? Comment Cécile, qui avait rejeté ses offres avec une franchise dont,
malgré sa douleur, il devait lui savoir
gré, se serait-elle décidée tout-à-coup
à consentir à une union dont la seule
pensée l'enivrait de bonheur et de joie?
Tout cela était sans doute inexplica-
ble, et Bernard ne se pressait guère
de lui dire le mot de l'énigme. Le
fermier était occupé d'autres idées,
et telle est la force de nos penchants
et de nos préjugés personnels, que

nous lui sacrifions souvent les
plus doux sentiments de la nature.
Le bon, l'honnête Bernard, à part
le chagrin que lui causait l'approche
du coup qu'il allait porter à sa fille,
était surtout tourmenté par l'ennui
de se trouver en présence d'un homme
avec lequel il n'avait jamais pu s'accorder ; son orgueil, car dans quel
cœur, même simple et généreux, ce
sentiment ne parvient-il pas à se glis-
ser ? son orgueil, disons-nous, se ré-
voltait tout entier contre une démarche dont son adversaire ne manque-
rait pas de se prévaloir un jour. Il
craignait surtout ses railleries, car le
père de Bertrand, intrépide plaideur,
était aussi un des plus grands railleurs
du pays, et la causticité qu'il avait
dans l'esprit n'était peut-être pas une
des plus légères causes de ses différends avec Bernard. Il en est des plus
obscurs citoyens comme des rois,

qui se font souvent la guerre pour
un mot employé mal à propos; on
arme, on se bat, on tue beaucoup
d'hommes qui n'en pouvaient pas davantage, et l'on fait la paix avec à
peu près autant de raison qu'on en
avait eu pour la troubler.

— Je vais faire une sotte figure,
pensait Bernard, cela fera du bruit
dans le pays; on dira que j'ai mis les
pouces, et cet enragé de Bertrand ne
manquera pas de rire à mes dépens.
Bah! bah! il est peut-être aussi las que
moi de tous ces procès, dont pas un
homme de bons sens, si ce n'est un
avoué, n'oserait soutenir un moment
la convenance. Après tout, j'ai défendu mes droits, Bertrand a défendu
les siens, et nous n'avons rien à nous
reprocher. Il est vrai que dans l'affaire du cours d'eau, j'avais com-
plètement raison, mais puisque j'ai
perdu mon procès, Bertrand a bien pu

croire qu'il n'avait pas tort... Oh, Monsieur Édouard! Monsieur Édouard! que vous me causez de peines!...

Heureusement peut-être pour le vieillard et pour le jeune homme, M. Bertrand père était absent, et ne devait être de retour que fort avant dans la soirée. Cela fit plaisir à Bernard, il se frotta les mains, et en sortant de la maison il devint plus communicatif.

— Ton père sera bien surpris, Bertrand, quand il saura que je suis venu chez lui, et bien plus encore quand tu lui en diras le motif.

— Mon père sait, Monsieur Bernard, combien je serais heureux de voir cesser les différends qui ont existé entre vous jusqu'à ce moment, et soyez sûr qu'il regrettera de n'avoir pu vous témoigner le plaisir qu'il aurait eu de vous recevoir.

— Je le crois, mon garçon, je le crois, et il est à désirer que tout soit oublié entre nous. Mais enfin l'affaire pour laquelle je désirais voir ton père te regarde bien plus que lui, Bertrand, et je pense qu'il ne te refusera pas son consentement quand tu le lui demanderas. Tu aimes ma fille, n'est-ce pas?

Cette question, faite sans autre transition, produisit sur le jeune homme un étrange effet ; il s'arrêta tout-à-coup et regarda le vieillard en balbutiant quelques mots inintelligibles.

— Eh bien ! reprit Bernard, cela te fait-il peur? Je ne pense pas cependant que ni Michel ni Cécile aient pu me dire une chose semblable si ce n'était pas la vérité... Allons, allons ! ne me regarde pas ainsi. Où est le mal, après tout, qu'un garçon honnête et aussi bien tourné que toi aime une jolie fille comme ma Cécile?

— Me parlez-vous de bonne foi? Monsieur Bernard, répondit le jeune

homme à demi-voix. Pardon,... hé
bien, oui, Monsieur Bernard, j'aime
votre Cécile, et il ne m'est pas possible de vous dire jusqu'à quel point.

— Tant mieux, mon garçon, répliqua le fermier en soupirant; j'espère donc que tu la rendras heureuse, si du moins tu es toujours dans
l'intention de l'épouser.

— L'épouser! moi! Monsieur Bernard, s'écria le jeune Bertrand, au
nom du ciel! voulez-vous m'éprouver?
Non, ne vous fâchez pas, Monsieur
Bernard, je vous crois. Mais songez
bien que c'est un bonheur auquel j'a-
vais renoncé, le bonheur le plus grand
que je puisse espérer dans cette vie.
Moi, l'époux de Cécile! ah! ajouta-t-il,
en plaçant une main sur son cœur,
vous me rendez la vie.

— Pauvre jeune homme! dit Bernard avec sensibilité; j'ai long-temps
cru, comme toi, que tu ne serais ja-

mais mon fils, mais je ne t'en aimerai pas moins, sois-en bien certain.

— Cependant, reprit le jeune homme avec l'accent de la tristesse et du doute, mademoiselle Cécile m'avait dit qu'elle en aimait un autre... Je sais combien vous êtes bon père, Monsieur Bernard ; il faut qu'il y ait dans ce retour si prompt quelque chose de bien extraordinaire, car je ne croirai jamais que vous forcez son inclination. Je l'avoue, ajouta-t-il avec chaleur, j'aime Cécile de toute mon âme, mais je préférerais mourir si le bonheur de la posséder devait lui causer une seule larme.

— Ces sentiments te font honneur, mon ami, répondit le fermier en serrant avec expression la main du jeune homme, et je t'en chérirai davantage. Il est bien vrai que Cécile a aimé une autre personne que toi, mais ce mariage était impossible; c'est tout ce que je puis te dire à cet égard : le reste n'est pas mon secret. Au surplus j'approuve ta délicatesse d'après ce qui s'est passé entre toi et Cécile; c'est de sa bouche même que tu dois tout apprendre... Elle t'aimera, ajouta-t-il en levant ses yeux vers le ciel, elle aimera Bertrand quand le temps lui aura permis d'apprécier le cœur que tu viens de me montrer... Ne parlons pas de cela maintenant, j'ai besoin de tout mon courage, oui j'en ai grand besoin pour réparer autant que possible le mal que j'ai laissé faire.

Ils entraient alors à la ferme, il n'y avait que Michel dans la grande salle; il ne fut pas peu surpris de voir son ami dans la compagnie de son père, il alla au-devant de lui et lui serra la main avec une franche cordialité. Bernard engagea son futur gendre à l'attendre un moment tandis qu'il

allait préparer Cécile à le recevoir.
Les deux jeunes gens avaient tant de
confidences à se faire mutuellement,
que l'invitation du fermier fut pour
tous deux un véritable bienfait.

Bernard était arrivé à la porte du
pavillon de sa fille, et déjà toute sa
résolution semblait l'abandonner. Un
moment il fut sur le point de renoncer à son projet, il fit quelques pas
en arrière; mais enfin il ne pouvait
hésiter plus long-temps entre ses sentiments de père et ce qu'il croyait
être un devoir exigé par l'honneur.
Il approcha son oreille de la serrure...
Cécile, dans une douce et profonde
sécurité, était à son piano. Le hasard
voulut qu'elle jouât sur cet instru-
ment un de ces airs mélancoliques
dont la poésie touchante peut se passer
du secours des paroles. Le vieillard
tressaillit, il porta sa main sur ses
yeux, il sentit qu'il allait s'attendrir

et qu'il ne devait pas se présenter devant sa fille dans cette situation; il essaya de dévorer sa douleur et poussa le bouton de la porte.

— C'est vous, Édouard ? dit Cécile sans se retourner; vous m'avez tenu parole, et vous êtes revenu tout de suite; que vous êtes aimable!... Vous avez des nouvelles d'Athénaïs, Édouard?... Oh! je la plains bien sincèrement, depuis que je sais combien elle vous aime... Va-t-elle donc plus mal, Édouard? vous ne me répondez pas... Ah! c'est vous mon père. O mon Dieu! qu'avez-vous?

Bernard s'était assis sur son siége favori. Les paroles qu'il voulait prononcer pour détromper sa fille expirèrent sur ses lèvres; il la regardait avec attendrissement, quand Cécile détourna la tête, remarqua sa pâleur, poussa un cri douloureux et vola dans ses bras.

—Au nom du ciel! reprit-elle dans un trouble inexprimable, vous souffrez, mon père, vous avez quelque chose qui vous afflige : mon bon père, qu'avez-vous?

—Ce n'est rien, Cécile, du moins j'espère que ce ne sera rien;... oui, rassure-toi,... c'est ton bonheur, Cécile, ton bonheur qui m'occupe.

— Mon bonheur? mon père;... d'où vient donc que vous êtes si troublé? Le bonheur de votre fille ne vous causerait pas cette affreuse pâleur, ce tremblement qui vous agite. Oh! ne me cachez rien, je vous en supplie... Il n'y a qu'un moment M. Édouard était là, à cette place où vous êtes maintenant, nous parlions de vous, mon père, de vous que nous aimons tous deux si tendrement;... nous parlions d'avenir, de bonheur, et nous n'éprouvions pas cette affliction déchirante à laquelle vous paraissez livré : je l'écoutais avec ivresse, et mon cœur bondissait de joie... J'entends du bruit dans le corridor : il revient comme il me l'a promis; il revient, c'est lui!...

— Non, dit le vieillard en secouant la tête, il ne reviendra pas...

Cécile demeura un instant muette de surprise et d'effroi; elle pâlit en regardant son père et porta la main sur son cœur agité tout-à-coup des plus affreux pressentiments.

— Hélas! mon père, reprit-elle enfin d'une voix tremblante, je ne sais encore quelle cruelle nouvelle vous avez à m'apprendre : la situation dans laquelle je vous vois, l'air de tristesse répandu dans tous vos traits, ces mots que vous venez de prononcer, tout m'épouvante et m'agite; mon sang se glace dans mes veines... Oh! parlez, parlez, cette incertitude est plus cruelle que la mort!

—Mourir ! répondit Bernard en baissant les yeux ; non , Cécile, je ne dois pas craindre cet horrible malheur... Tu vivras, n'est-ce pas, ma Cécile, tu vivras pour ton père ?

Cécile ne pouvait répondre , les sanglots étouffaient sa voix , et le vieillard saisit sa main et la serra dans les siennes.

—Cécile , continua-t-il , je viens déchirer ton cœur :... écoute-moi jusqu'à la fin. J'ai compté sur ton courage, sur ta vertu, et j'ai promis en ton nom un sacrifice pénible , mais nécessaire : c'est notre devoir, Cécile, de nous dévouer pour ceux que nous aimons... Il est facile d'aimer, de s'intéresser vivement à quelqu'un ; lui sacrifier toutes nos espérances, peutêtre notre bonheur, voilà le triomphe d'une belle âme : c'est celui que je viens te demander.

—Mon père, je ne vous comprends

4. 9.

pas encore;... un nuage est tombé devant mes yeux;... ma tête est brûlante...

— Pauvre Cécile !... il est temps de te dire toute la vérité. Quoique M. Édouard ait négligé jusqu'à ce jour de me confier ses vues sur toi, comme aurait sans doute dû le faire un jeune homme tel que lui, je sais que ses vues étaient honnêtes, et qu'un jour, peut-être il t'aurait demandée en mariage.

— Un jour peut-être !... M. Édouard !... ô mon père, qu'allez-vous me dire? vous me faites frémir !... Ce matin même encore il me parlait de notre union ; oui, mon père, de notre union comme d'un évènement prochain. Il ne paraissait attendre pour s'expliquer ouvertement à ce sujet, que l'arrivée d'un ami, et quand la vieille servante de M. Manuel est venue lui apprendre qu'un jeune homme, qui était descendu au presbytère et

qui venait de Paris, le demandait, il
a sauté de joie : Cécile, m'a-t-il dit,
le jour de notre bonheur s'est levé ce
matin, et ses lèvres... ont effleuré les
miennes.

— Cela ne se peut pas, cela ne se
peut pas, s'écria le vieillard d'un ton
de voix déchirant; hélas! ma pauvre
Cécile, il faut renoncer à cette espérance...

— Grand Dieu! est-ce vous, mon
père, qui me parlez ainsi? Renoncer
à lui, dans ce moment, pourquoi
donc? ô ciel!...

— Ma fille, ma chère fille! je n'aurai pas la force d'achever, si tu ne
m'écoutes avec plus de tranquillité.
Vois-tu, Cécile, M. Édouard est le
fils d'un noble, d'un grand seigneur
d'autrefois; et quoiqu'il ait perdu sa
fortune, il a conservé tous les droits
de sa naissance. Je ne suis, après tout,
qu'un paysan, un honnête laboureur.

et quand je te donnerais tout ce que
je possède, quand tes frères renonce-
raient pour toi au bien de leur mère
et au mien, nous serions encore loin
de placer M. Édouard dans la position
où ses amis désirent le voir. Il se présente pour lui, Cécile, un mariage
qui doit le rendre aussi riche, aussi
puissant que l'était son père; est-ce à
nous à l'empêcher, ma fille? dois-je lui
faire payer aussi cher ce que j'ai fait
pour lui?

— Et M. Édouard, mon père,
dit Cécile d'une voix inarticulée,
M. Édouard connaît-il ces arrangements?... est-ce lui qui me demande
de renoncer à lui?...

— Oh! tu ne le croirais pas, Cécile,
tu lui rends plus de justice; non, ma
fille, M. Édouard ignore tout encore,
mais on dit que tu es le seul obstacle..
oui, ils ont bien dit ce mot-là. N'im-
porte, Cécile, nous devons jusqu'à la

fin remplir notre tâche : aide-moi à rendre au fils du bienfaiteur de ta famille tout ce qu'il était en droit d'attendre de nous dans ses malheurs. Prends l'époux que je te donne, c'est un jeune garçon de ton rang celui-là, il est honnête, bien élevé, et il t'aime, Cécile, du plus profond de son cœur; oui, Bertrand te rendra heureuse, et tu oublieras au milieu des devoirs que tu auras à remplir, ces amours de ta jeunesse qui, je l'ai cru comme toi, Cécile, devaient finir autrement; mais il n'y faut plus penser.

— Jamais!... jamais, mon père! s'écria Cécile avec égarement; vous ne savez pas combien je l'aime :... c'est renoncer à la vie!... mon père, j'en mourrai!...

— Cruelle fille, dit le vieillard, nous mourrons donc ensemble, car tu es tout pour moi sur la terre, depuis que ta mère est dans le ciel; nous

mourrons sans avoir fait notre devoir,
car maintenant tu ne seras jamais la
femme de M. Édouard; et, tant que
tu ne seras pas à un autre, il ne con-
sentira jamais à ce qu'on attend de
lui, à un mariage d'où dépendent sa
fortune et son bonheur...

—Son bonheur! le croyez-vous?...
reprit Cécile en souriant avec amertume; non, non, il m'aime, j'en suis
certaine; il sait que cette idée est mêlée avec mon sang, que je ne puis
vivre sans lui, que nous n'avons
qu'une âme, qu'une seule vie !...
Édouard! Édouard!... où êtes vous?...

— Ne l'appelle pas, Cécile, ne pro-
nonce plus son nom, il me fait mal.
Je vois que je m'étais trompé; oui,
je vois que ton amour pour lui a
chassé ton père de ton cœur, ton vieux
père, Cécile, qui croyait en toi, qui
répondait de ton courage plus que du
sien... Oh! quelle était mon erreur!

ma fille devait-elle jamais sacrifier
l'honneur de sa famille à son aveugle
amour! Adieu, Cécile, aime-le;....
je te plaindrai moins maintenant, mais
ton père, qui le consolera?...

— Un moment, mon père, encore
un moment, je vous en conjure au
nom de Dieu! vous dites qu'il le faut?
que son bonheur en dépend?... son
bonheur! Dieu du ciel! Édouard! que
n'aurais-je pas donné pour vous?...
Vous étiez mon espérance et ma joie,
vous étiez tout pour moi... Qui m'aurait dit ce matin, quand vous me re-
gardiez, avec toute l'ivresse d'un
amour que je croyais pouvoir partager, quand je souriais en vous écou-
tant, qu'aujourd'hui même il faudrait vous dire un éternel adieu... Et
ne le verrai-je plus, mon père? c'en
est donc fait; ne l'entendrai-je pas
encore une fois? une dernière fois?...
non; je le lis dans vos tristes regards...

Édouard ! reprit-elle avec l'accent de l'enthousiasme et du délire, adieu donc pour toujours; que votre Cécile bien-aimée, que celle à qui vos leçons ont donné une âme nouvelle, ne soit pas regardée comme le dernier et seul obstacle qui s'opposait à votre fortune. Édouard, mon cher Édouard, oui, mon père a raison, c'est peut-être en renonçant à vous pour jamais que je me montre digne de votre amour. Hé bien ! mon père, où donc est l'époux que vous me destinez?...

— Cécile, dit le vieillard en la pressant sur son sein, je ne puis plus retenir mes larmes. Oui, tu es ma fille chérie, et je suis fier de te donner ce nom. Mais écoute-moi bien : si je n'ai pu supporter l'idée du reproche qui s'attacherait à nous en empêchant M. Édouard de prendre un établissement brillant, crois-tu qu'il soit moins pénible pour mon cœur de laisser croire que je t'ai contrainte à renoncer à lui ? Bertrand t'a déjà parlé, tu le sais, de son affection pour toi ; il ne se souvient que trop, le pauvre jeune homme, de ton refus et des motifs qui le dictaient : il faut, Cécile, que tu le rassures toi-même.

—Je vous comprends, je crois, mon père. Grand Dieu ! que je souffre !... Il faut que le sacrifice soit entier. Mon père, je suis prête à vous obéir.

Le vieillard se leva, il regarda sa fille avec attendrissement, et d'un pas faible et chancelant il alla entr'ouvrir la porte du pavillon, d'où il appela Bertrand, qui accourut aussitôt. Cécile ne pleurait pas, mais elle était pâle et tremblante ; ses lèvres étaient serrées, et toutes les angoisses qui déchiraient son cœur se peignaient dans ses regards abattus. Le jeune homme se présenta d'un air timide et embarrassé, et après avoir salué Cécile, il

baissa les yeux en attendant que quelqu'un lui adressât la parole.

— Monsieur Bertrand, dit Cécile en
s'interrompant par intervalle comme
pour recouvrer sa respiration étouffée,
mon père vient de m'assurer que vous
étiez toujours pour moi dans les sentiments que j'aurais voulu pouvoir partager à une autre époque. Je dois vous
en remercier et vous dire que je con-
sens à devenir votre épouse... Mon
père, mon père, êtes-vous content de
moi ?... bénissez votre fille.

Elle était tombée aux genoux du vieillard attendri, qui, posant ses mains
sur la tête de Cécile, se rendit à ses désirs en invoquant les bénédictions du
ciel pour sa fille désolée. Bertrand
prit une de ses mains et balbutia
quelques mots qui peignaient à la
fois sa joie et contenaient la promesse
qu'il faisait de consacrer sa vie au bonheur de sa future épouse.

M. Manuel avait pu entrer inaperçu dans le pavillon dès le commencement de cette scène ; ses paroles, toujours si douces et si consolantes, étaient nécessaires à tout le monde ; mais dans ce moment sa présence était pour Cécile comme un bienfait du ciel. Elle était demeurée aux genoux de son père, qui pleurait en la regardant, et ses mains suppliantes se levèrent vers le curé.

— Ma fille, dit M. Manuel avec émotion, c'est Dieu lui-même qui vous bénit par les mains de votre père. Vous êtes un ange de dévouement et de vertu, et votre noble courage est un exemple qui ne sera pas perdu sur la terre. Ma chère Cécile...

Dans ce moment la porte fut violemment ouverte ; et Édouard, pâle et défait, et tenant à la main le billet que lui avait écrit Bernard, se précipita tout-à-coup dans l'intérieur du pavillon.

CHAPITRE XX.

L'Indemnité.

Guillot avait pressé dans sa main, et plusieurs fois placé à la portée de ses yeux le billet dont il était porteur pour M. Édouard, sans avoir pu rien pressentir sur son contenu. Pourquoi Bernard écrivait-il à M. Édouard, qu'il avait l'occasion de voir à peu près tous les jours ? Pourquoi le digne fermier, dont les traits portaient plutôt ordinairement les traces de l'influence de la bouteille que celles du chagrin, avait-il paru si triste en lui remettant ce chiffon de papier ? Guillot ne pouvait s'expliquer tous ces phénomènes, et il était au bout de ses conjectures quand il entra au presbytère. Un postillon dételait les chevaux d'une chaise de poste couverte de poussière et arrêtée à la porte de la modeste habitation du curé. Ce nouvel incident n'était pas celui qui piquât le plus la curiosité de Guillot ; mais du moins il avait dans ce cas-là tous les moyens dese satisfaire , et il s'empressa d'en user.

— Holà , hé ! Claude Margotin, dit-il au postillon , quel bon vent t'amène à Crossey, mon garçon ?

— Vent ou pluie , mon ancien , répliqua l'Automédon de la poste voisine , ne faut-il pas toujours faire trotter ces pauvres rosses ?

— Et il paraît, Claude, que tu les as menées bon train ; les pauvres bêtes sont couvertes de sueur.

— Elles n'ont pas plus avalé de poussière que moi, les diablesses! mais c'est égal , le Monsieur m'avait fait signe, il était pressé à ce qu'il paraît, et un double pour-boire dans la poche du postillon vaut mieux que deux mesures d'avoine... Hé ! hé ! hé ! mon ancien, ne peut-on pas vous offrir un verre de vin ?...

— Présent, Claude ; mais il ne faut pas aller bien loin pour cela... La bonne mère ! cria-t-il en s'adressant à la servante du curé, sûrement M. Manuel n'est pas chez lui, et M. Édouard est trop occupé ; car, sans cela, vous auriez déjà débouché une bonne bouteille pour ce brave garçon. Allons, la bonnne mère, mille noms d'un diable ! dépêchez-vous, il a soif ; voyez comme ses pauvres bêtes sont fatiguées.

—C'eût été miracle, Monsieur Guillot, grommela la vieille femme en apportant une bouteille et deux verres, si vous n'aviez pas juré pour me demander une chose aussi simple ; et là-dessus, je vous dirai que M. le curé vous aide trop à perdre votre âme par la bonté qu'il a de ne jamais vous refuser une bouteille.

— Allons, la bonne mère, ne nous fâchons pas, répondit Guillot en remplissant les deux verres : voulez-vous faire comme nous ?

— Fi, l'horreur ! s'écria la vieille femme, que cette invitation fit reculer d'épouvante ; je vous préviens que M. Édouard a déjà demandé plusieurs fois après vous, Monsieur Guillot. Cela sauvera peut-être une bouteille de notre vin, ajouta-t-elle en s'éloignant.

— On y va, la bonne mère, on y va, répondit Guillot en riant ; je suis en affaire pour le moment. Ces vieilles dévotes, vois-tu bien, Claude Margotin, elles pensent plus à sauver notre âme par la chaleur qu'il fait, que de donner à boire à un honnête garçon. A ta santé.

— A la vôtre, mon ancien ! humph ! il est chenu le vin du curé, ah, dame ! dans ce régiment-là, ça va toujours.

bien, ce n'est pas comme dans le nôtre. A propos de ça, Guillot, on dit
dans le pays que vous êtes...comment
appellent-ils cela? ah! destitué, dégradé... que sais-je?

— Dégradé! mille millions de ton-
nerres.!.. Guillot dégradé! et je ne ferais pas avaler cette bouteille par le
gros bout à celui qui a dit cela? oh!
si, mille noms d'un diable! j'ai donné
ma démission, entends-tu bien? et
c'est un peu différent. Mais tu n'entends rien à cela toi, tu as de l'esprit
comme un caporal de semaine.

— Ne vous fâchez pas, mon ancien,
c'est possible, après tout; je n'ai pas
autant de service que vous, et puis
dans le train d'artillerie on était
de bons enfants, voilà la chose.

— Bah! reprit Guillot en essuyant
ses lèvres d'un air distrait, laissons
cela. Tu dis que ce Monsieur que tu

as amené était bien pressé ; est-ce quelqu'un du pays?...

— Pas précisément : mais qui ne le connaît pas? c'est M. Moretel, le jeune avocat; c'est celui-là, Guillot, qui a de l'esprit... Il arrive de Paris, et pendant que j'attelais, j'ai entendu qu'il disait à M. Rousset, notre maître de poste, que M. Édouard allait être maintenant si riche, si riche, qu'il pourrait acheter tout le village de Crossey si cela lui plaisait.

Parole d'honneur? s'écria Guillot en regardant le postillon avec des yeux où brillaient l'étonnement et la joie... A ta santé, Claude Margotin ! j'ai une affaire pressée, et il n'y a plus rien dans la bouteille.

Le postillon remonta à cheval, et s'éloigna en sifflant. Guillot ne se possédait pas de joie; il traversa lestement le corridor qui conduisait à la ahambre de M. Édouard, et tout pré-

occupé du bonheur de son jeune colonel, comme il appelait souvent notre héros, il ne songeait plus à la
lettre dont Bernard l'avait chargé.

C'était en effet Charles Moretel qui,
de retour de son voyage à Paris, ini-
tiait avec peine Édouard dans les détails si nouveaux pour lui de l'importante fortune qu'il recouvrait. Quand
Guillot entra dans la chambre, ils
étaient tous deux auprès d'une petite
table couverte de papiers. Édouard
avait un air grave et soucieux, et il
venait de prononcer le nom d'Athénaïs, au moment où le vétéran porta
la main à son bonnet de police.

— De par le diable! murmura-t-il,
entre ses dents, le bavardage de la
mère Toussaint serait-il donc vrai?

— Eh! vous voilà donc enfin, dit
Édouard en l'apercevant; entrez, mon
ami.

— Un moment, s'écria Charles More-

tel : si je ne me trompe, Édouard,
c'est le brave Guillot dont tu m'as
parlé, qui est devant nous.

— Vous l'avez dit, Monsieur, répondit le vétéran, c'est Guillot, au
moins ; car depuis qu'il ne se lève plus
au son du tambour, le nom que vous
lui donnez ne lui convient pas.

—C'est un nom qui ne se perd point,
Monsieur Guillot, répondit Charles
en lui tendant la main, c'est le cœur
et non pas l'habit qui fait le soldat.

— Eh bien ! mon vieil ami, reprit
Édouard, vous allez être bien surpris.
Guillot, votre vieillesse sera heureuse, vous n'aurez plus besoin de
personne...

—Attendez, Monsieur Édouard, que
cinq cent mille diables m'emportent si
je ne deviens pas fou ! Vous êtes riche
maintenant, n'est-ce pas? On me l'avait
déjà dit, mais je n'osais pas y croire.
Par exemple, Monsieur Édouard, je ne

réponds pas de ne pas me griser en
réjouissance de ce qui vous arrive.

—Oh! j'y mettrai bon ordre, ajouta
Édouard en souriant. Mais comment
se fait-il, Guillot, que vous sachiez
déjà une nouvelle que j'ai tenue long-
temps si secrète, et dont j'apprends
seulement à l'instant la confirmation?

—Mon cher ami, répondit Charles qui
vit l'embarras de Guillot, j'étais l'am-
bassadeur de la fortune, et je ne pouvais
être discret; tous les maîtres de poste
du département connaissent maintenant ta situation, que j'ai voulu leur
apprendre en confidence, et tu vois
que le secret a déjà fait du chemin.
Oui, Monsieur Guillot, notre ami,
car je sais combien vous avez droit
de lui donner aussi ce nom, notre
ami est riche maintenant, il va reprendre le rang qui lui appartient; vous
l'avez aimé dans les mauvais jours,
il espère que vous ne le quitterez

plus; et quand vous me connaîtrez
mieux, mon brave Guillot, jeserai
heureux de vous voir m'accorder
autant d'estime que j'en ai pourvous.

— Où diable allez-vous chercher
vos amis, Monsieur Édouard? dit le
vétéran avec sensibilité; en voilà un
qui a des manières... Ma foi, tant pis,
adieu la honte! Il est bien permis à
un vieux soldat de pleurer de joie une
fois dans sa vie. Mais quant à ce que
vous avez dit, Monsieur Moretel, pour
que je ne quitte plus M. Édouard, que
serai-je dans sa maison? un fainéant,
et rien de plus. Il est vrai qu'entre
nous c'était à la vie à la mort, un soldat n'a que sa parole. Cependant
quand je l'ai donnée, M. Édouard
pouvait avoir besoin de mes services;
aujourd'hui...

— Paix, Guillot, pas un mot de
plus, je vous l'ordonne,... je vous en
prie, dit Édouard.

— Silence dans les rangs, c'est entendu, Monsieur Édouard, répliqua
Guillot en portant à son bonnet le
revers de sa main.

— Charles, reprit Édouard avec ex-
pansion, et vous aussi, mon cher Guillot, j'espère que ma maison sera la
vôtre, et que vous m'aiderez à supporter le poids du bonheur qui m'op-
presse aujourd'hui comme l'infortune
de ma jeunesse. Ah! si j'ai souhaité
cette fortune qui m'est rendue, ce
n'était pas pour moi, vous le savez,
mes amis. M. Manuel! Cécile... mes
bienfaiteurs, tout ce que j'aime sur la
terre, je ne vous quitterai plus! C'é-
tait là le destin que j'enviais.

— Cécile! dit Guillot en se frappant
le front, je commençais joliment le
service, Monsieur Édouard ; j'avais
oublié que le père Bernard m'a donné
une lettre pour vous:... la voici.

— Une lettre de Bernard ! donnez, donnez, Guillot.

A peine Édouard eut-il jeté les yeux sur cet écrit, que tous ses traits se décomposèrent, et qu'il poussa un cri déchirant. Charles et Guillot, alarmés, s'approchèrent de lui pour le soutenir ; on aurait dit qu'il venait d'être frappé de la foudre.

— Laissez-moi, laissez-moi, s'écria-t-il dans un désordre inexprimable ; on veut m'enlever Cécile, et je parlais de bonheur !...

Il s'arracha violemment de leurs bras, et il s'enfuit sans répondre à aucune de leurs demandes et de leurs vives instances.

— Qu'est-ce que cela signifie, Guillot ? dit Charles dans un trouble presque égal à celui de son ami ; suivons-le, suivons-le,... le malheureux ! Que contenait donc ce billet ?

— Oui, Monsieur, suivons-le, ré-

pondit Guillot. Il aime donc encore
Cécile? ah! tant mieux! cela m'aurait
fait trop de mal de penser qu'il allait
épouser la princesse du château.

— Ah Guillot! reprit Charles, ne
parlez pas de cette jeune personne,
elle est bien malheureuse.

Le vétéran se mordit les lèvres et
sortit du presbytère avec Charles.
Édouard était déjà bien loin; il courait comme un insensé, comme un
homme frappé de terreur; la sueur
inondait son front, et la paleur de son
visage était effrayante quand il entra
dans le pavillon. Cécile fit entendre
un cri déchirant, et M. Manuel, pré-
voyant la tempête, se leva sur son
séant. Le jeune Bertrand, frappé d'é-
tonnement, abandonna presque involontairement la main de sa future,
qu'il tenait dans la sienne.

— Est-ce vous, est-ce bien vous,
Monsieur Bernard, dit Édouard avec

l'accent d'un profond désespoir, **qui** avez pu m'écrire ce billet?

Il le déchira et en jeta les fragments à ses pieds.

—Je connais, continua-t-il, l'étendue de vos droits sur Cécile, et je **les** respecte; mais ne comptez-vous **pour** rien ceux d'une douce et longue intimité? ne comptez-vous pour rien **des** promesses sacrées? A moins que Cécile ne soit la complice de cette indignité, je ne souffrirai pas l'accomplissement de vos projets. Cécile est à **moi**, elle m'appartient par tous les droits **que** donnent un amour partagé... Cécile! Cécile!... vous gardez le silence, **vous** n'avez pas résisté à la tyrannie qu'on exerce sur vous; mais je suis près **de** vous, je suis votre protecteur, **votre** ami...

— Monsieur Édouard, répondit **le** fermier, c'est avec peine que je **vous** vois ici dans ce moment; et devais-je m'attendre à jamais vous faire un pareil reproche? Vous nous jugez d'après les apparences, et vous ne connaissez pas nos raisons pour agir ainsi. Cécile n'est la victime d'aucune tyrannie, et c'est volontairement qu'elle a renoncé à vous.

— O mon père! que dites-vous? s'écria Cécile d'une voix étouffée par les sanglots. Édouard !... Monsieur Édouard, vous ne savez pas...

— Édouard, reprit M. Manuel d'un ton affectueux, mais triste, je vous vois, mon ami, dans un état d'exaspération qui ne fait honneur ni à votre caractère ni à votre raison. Ce n'est pas vous qui pouvez oublier le respect qu'on doit à un père de famille. Au nom du ciel! Édouard, croyez que la détermination qu'on a prise sans vous consulter est une dernière et éclatante preuve de l'intérêt qu'excite votre sort, et du dévouement qu'on porte à votre personne.

Nous devons laisser à l'imagination du lecteur le soin de suppléer à l'insuffisance de nos moyens pour peindre toutes les parties du tableau vif et animé que présentait dans ce moment l'intérieur naguère si paisible du pavillon de Cécile. La malheureuse jeune fille restait aux genoux du vieillard, et cachait sa tête entre ses mains ; le fermier s'efforçait vainement d'affecter la gravité que cette circonstance imposait à son caractère de père. Ses yeux étaient pleins de larmes, et son cœur, déchiré par la douleur de sa fille et le désespoir d'Édouard, était navré de tristesse. M. Manuel, que la pureté de ses intentions soutenait encore, ne pouvait cependant supporter long-temps le spectacle déchirant qui se passait sous ses yeux, et qui lui rappelait avec une cruelle énergie la

plus grande affliction de sa jeunesse.
Le jeune Bertrand aimait Cécile avec
toute la force, avec toute la vérité d'un
cœur honnête et pur; mais cet incident extraordinaire l'avait plongé dans
une sorte de stupeur douloureuse qui
lui ôtait momentanément la liberté de
penser et d'agir ; pâle et les bras croi-
sés sur sa poitrine , il restait comme
un témoin insensible de cette scène
passionnée.

— Et suis-je donc le seul ici , dit
Édouard avec véhémence, suis-je bien
le seul à qui l'on puisse reprocher
d'oublier ses devoirs? Puis-je renoncer de sang-froid à ma plus douce espérance , à un bonheur auquel j'ai
sacrifié avec joie tout ce qui peut en-
flammer une âme noble et généreuse,
tous les avantages que, dans la position surtout où j'ai été jusqu'à ce jour,
un jeune homme accueille avec enthousiasme ? J'ai dévoré long-temps

de cruels affronts ; j'ai supporté sans
plaintes, sans regrets, tout ce que l'infortune et l'isolement d'un orphelin
ont de plus amer et de plus triste.
Cécile, vous me suffisiez seule dans
ma douleur; oui, un seul de vos regards
dissipait les orages amoncelés dans
mon cœur. Hé bien, tant que ce cœur
déchiré battra sous ma main, vous ne
serez point l'épouse d'un autre. Non,
non, qu'on n'espère ni me calmer ni
me tromper. Écoutez bien, vous à qui
je dois tant de reconnaissance et de
respect, vous me forcerez à maudire
vos bienfaits, à blasphémer contre la
bonté cruelle qui aura laissé développer en moi des sentiments qui ont
adouci les chagrins de ma vie, qui
m'ont fait oublier quelquefois les misères de ma naissance, pour les tromper ensuite, pour les flétrir par la plus
injuste des déceptions. Vous n'êtes
plus ni mes bienfaiteurs, ni mes amis;

le malheureux Édouard ne vous doit plus rien : vous avez détruit son bonheur.

—Arrêtez, Monsieur, dit Bernard avec autant de douleur que de colère, vous manquez à tous les égards, et je suis obligé de vous le rappeler; vous ne m'avez jamais fait part de vos intentions, jamais je n'ai appris de votre bouche que vous désiriez vous unir à ma fille. Je suis père, et je suis chez moi, ne l'oubliez pas plus long-temps; sortez, Monsieur, sortez, et ne troublez plus, par votre présence, des arrangements de famille que rien maintenant ne peut changer.

—C'est trop, mon père, c'est trop fort, s'écria Cécile; Monsieur Édouard, que faites-vous? grand Dieu!...

— Je m'empare de mon bien, répondit Édouard au comble du désespoir et de l'égarement, en arrachant

Cécile des bras de son père... Vous
me chassez, Monsieur Bernard, vous
m'avez indignement chassé; mais
cette injure est moins forte que mon
amour. Ne craignez rien, Cécile,
votre père sait bien qu'il ne peut m'ou-
trager assez pour que je cesse de res-
pecter ses cheveux blancs.

—Imprudent Édouard, dit le curé
en se jetant entre lui et Bernard, au
nom de Dieu! arrêtez!

— Ma fille! répondit le vieillard,
qu'on me rende ma fille!

—Monsieur de Crossey, Monsieur
Bernard, s'écria alors le jeune Bertrand, je suis le témoin involontaire
d'une scène à laquelle j'étais loin de
m'attendre, et je sens combien ma
présence ici devient gênante pour
vous. Écoutez, Monsieur Bernard,
j'aimais votre fille, je l'aimais sincèrement, et quand je sollicitai sa main
pour la première fois, j'ignorais la

nature de ses liaisons avec M. de Crossey; ce matin, vous m'avez flatté tout-à-coup de l'espoir que je devais mon bonheur à sa seule volonté ; ce que je vois m'afflige, me désespère, et me dicte mon devoir : je vous rends votre parole... Adieu, Mademoiselle Cécile ; si je n'ai pu obtenir votre amour, un jour peut-être vous m'accorderez votre estime.

—Demeurez, Bertrand, demeurez, mon brave garçon, dit le fermier; et vous, Monsieur Édouard, je vous l'ordonne pour la dernière fois, ne retenez plus ma fille, ne vous opposez plus à ce qu'elle se rende aux désirs de son père.

—Un moment, de grâce, mon vieil ami, dit le curé, Édouard va vous obéir.

—Je le dois, Monsieur, reprit Édouard avec fierté; oui, je vais sortir de cette maison dont vous m'avez

chassé ; je n'attends plus de vous
qu'une seule et dernière faveur, ne
me la refusez pas.... je suis capable
de tout. Je désire adresser une question à Cécile, promettez-moi que
vous lui laisserez au moins une entière liberté pour y répondre.

Un signe de tête du vieillard sembla annoncer à Édouard qu'il consen-
tait à sa demande.

—Cécile, continua-t-il avec plus
de calme, je vous demande pardon de
la violence à laquelle je me suis livré,
et j'espère que votre père l'excusera
quand il aura pu réfléchir aux circonstances déchirantes qui m'environnent. Au nom de cet attachement
que nous nous sommes promis tant
de fois, au nom de notre amitié,
Cécile, si l'amour est éteint dans votre
cœur, apprenez-moi quel a été le vrai
motif de la résolution de votre père?

—Hélas ! Monsieur Édouard, ré-

pondit Cécile d'une voix tremblante,
on m'a dit qu'un mariage avantageux
vous était offert... O ! pardon, pardon, mon père, mon cœur est trop
plein, laissez-moi le soulager. Oui,
Monsieur Édouard, on m'a dit qu'en
renonçant à vous j'assurais votre fortune et votre bonheur:... je ne pouvais
résister,... j'étais trop pauvre pour
vous; tout le monde le disait, et je
voulais que vous fussiez heureux ;...
ma vie vous appartenait, et je vous
l'ai sacrifiée!...

— Grand Dieu ! reprit Édouard
avec attendrissement, et vous n'aviez
pas cessé de m'aimer, vous vous sé-
pariez de moi, vous brisiez vos ser-
ments dans l'intention la plus généreuse!...Oh ! venez, Cécile, venez aux
pieds de votre père, venez m'aider
à le fléchir;... moi seul je suis coupable. Monsieur Bernard,... mon père,...
ne résistez plus à mes désirs, laissez-

moi vous donner un nom que vous
méritiez encore quand, avec toutes
les apparences de la dureté, vous
vouliez m'éloigner d'ici, et me priver
de tout ce que j'aime...

—Il vous a appelé son père, ne
nous séparez pas,... s'écria Cécile.
Monsieur Manuel, venez à notre secours.

Ils s'étaient agenouillés tous les
deux, ils pressaient sur leurs lèvres
les mains tremblantes du vieillard,
que l'émotion empêchait de parler, et
qui, levant sur M. Manuel des yeux
rouges de pleurs, semblait invoquer
aussi ses conseils et son appui.

—C'en est trop, mon vieil ami,
dit le bon curé en essuyant son visage,
l'autorité que Dieu vous a donnée sur
vos enfants ne va pas plus loin.
Édouard renonce aux avantages que
procure la fortune ; il renonce à une
existence brillante, mais qui après

tout ne vaut pas le bonheur paisible et pur dont il peut jouir.

—Hé, bien, ajouta le fermier, j'ai fait tout ce que j'ai pu, plus peut-être qu'il ne m'était possible, pour obéir à ce que je croyais être mon devoir; il faut laisser parler la nature : mes enfants embrassez-moi,.. j'allais mourir de chagrin.

—Mon père! mon bon père! dirent les jeunes gens en accablant le vieillard de leurs caresses.

—J'ai encore quelque chose à me faire pardonner, reprit Édouard : j'avais voulu jouir de votre surprise et de votre joie, et j'en ai été cruellement puni. Mes dignes et chers amis, cette fortune que vous vouliez me faire acquérir en me séparant de ma Cécile, je la possède maintenant; oui, je suis riche, très riche... Comtesse de Crossey, ma Cécile, dans l'humb e destin qui nous était réservé tu aurais fait le bonheur, les délices de ma vie, conserve tes douces vertus dans le haut rang que nous allons occuper, et qui sans toi m'aurait fait regretter ma pauvreté.

Ce fut dans ce moment que Charles Morelel et Guillot entrèrent dans le pavillon. Nous renonçons à décrire la joie dont furent suivies ces premières explications. Charles, avec sa facilité et sa gaieté ordinaires, s'empressa de raconter à Bernard et à M. Manuel les circonstances auxquelles Édouard devait le retour d'une grande partie de la fortune de ses ancêtres. Ces deux hommes vertueux levaient les mains au ciel, et remerciaient sincèrement la Providence d'avoir ainsi accompli leur ouvrage. On ne s'était plus occupé du pauvre Bertrand; il s'était éloigné à la fin de la scène que nous avons essayé de retracer; mais Bernard sentit qu'il dé-

vait quelques excuses au jeune homme,
et des explications à son père. Avant
de sortir il embrassa sa fille et ne man-
qua pas de lui dire à l'oreille : Adieu,
Madame la comtesse. L'entretien de
Bernard avec son ancien adversaire
fut plus paisible qu'on n'aurait dû s'y
attendre de leur part : le père Bertrand entendit parfaitement la raison,
et moyennant le cours d'eau dont
Bernard lui fit le généreux abandon,
ils promirent de ne plus plaider.
Quant au fils Bértrand, il était parti
pour Lyon dans la journée, et l'on
ne reçut de ses nouvelles que quelques
jours après ; il avait suivi les conseils
de Guillot, et il avait pris l'habit militaire.

Le soir il y eut à la ferme une
grande réunion; la gaieté la plus
vive présida aux fiançailles, et le
notaire du village dressa les actes qui
précèdent ordinairement la célébra-

tion du mariage. M. Manuel ne revint que fort tard, et pour apposer sa signature au contrat.

— Tout le monde est heureux ici, avait-il dit en quittant la ferme quand le sort d'Édouard fut décidé, mon devoir est de rester auprès des affligés.

Il s'était rendu au château, où il raconta au général ce qui s'était passé. Athénaïs était préparée à cet évènement, et les consolations du bon curé, si elles ne purent fermer tout-à-coup les plaies de son cœur, adoucirent du moins l'amertume de ses regrets.. . . . .
. . . .

Grâce à l'activité de M. Charles Moretel, dont on avait pu remarquer les fréquentes visites au château, dix jours s'étaient à peine écoulés que toutes les formalités du mariage de Cécile et d'Édouard étaient remplies.

Un matin la cloche de Saint-Étienne de Crossey fut mise en branle par quelques vigoureux paysans endimanchés, et un cortège joyeux gravit le chemin qui conduisait à la mairie. Jacques Bernard, l'aîné de la famille, marchait en tête avec sa sœur, immédiatement après une douzaine de ménétriers dont les chapeaux et les boutonnières étaient garnis de rubans et de fleurs. Cécile était vêtue avec une élégante simplicité, qui tenait à la fois du rang élevé de son futur époux et de la mode moins recherchée du village où elle était née ; elle avait un maintien modeste et recueilli ; la couronne virginale et le long voile blanc qu'elle portait formaient une délicieuse harmonie avec sa figure douce et angélique. Édouard la suivait et donnait son bras à une grosse et belle fermière des environs, qui était la mar-

raine de Cécile, et qui devait lui servir
de mère à cette heureuse cérémonie.
Le noble jeune homme, dont les traits
remarquables par leur beauté res-
piraient la joie la plus pure, écoutait
avec autant de calme que de bonté
le compte que lui rendait la mar-
raine, des poulets de sa basse-cour et
des infidélités de son mari. Le père de
Cécile, heureux et triomphant, donnait le bras à la vieille Geneviève,
mais il l'écoutait avec distraction, et
ses regards étaient sans cesse levés
sur ses deux enfants.

— Enfin, voilà mon rêve accompli, disait la vieille Besson; prenez
garde que cela ne vous rende trop
fier, Jacques Bernard. Votre Cécile
sera comtesse, et cela est bien vrai,
mais n'oubliez pas que vous êtes son
père.

Les nombreux fils du fermier, les
cousins de la famille aux degrés les

plus éloignés, et quelques personnes
invitées par Édouard, formaient une
longue chaîne dont le dernier anneau
était Guillot en grande tenue militaire, à la tête d'un grand nombre
de jeunes gens armés de fusils de
chasse. Le brave vétéran avait absolument voulu déployer dans cette circonstance importante un appareil militaire, sans lequel, selon lui, la cérémonie eût été beaucoup trop triste.
Aussi, de loin en loin, il régalait les
assistants d'une décharge générale
qu'il ordonnait avec toute la gravité
du grade de sergent qu'il avait occupé autrefois.

Le général, revêtu de son écharpe
municipale, attendit les futurs époux
dans la salle du château, disposée selon le vœu de la loi pour la réception
des actes de l'état civil. Il avait l'air
profondément triste, mais il conser-
vait cependant le calme et la dignité

nécessaires aux hautes fonctions qu'il allait remplir. De temps en temps il tournait les yeux avec inquiétude du côté d'une porte demeurée entr'ouverte, et par où l'on pouvait découvrir tout ce qui se passait dans la salle de la mairie. Il était assisté de M. Ragot, qui se rengorgeait dans un habit neuf dont Édouard lui avait fait présent.

Quand le général eut adressé aux futurs époux les questions d'usage, et qu'il leur eut fait la lecture des articles du code civil qui règlent les devoirs du mariage, il ajouta d'une voix émue :

—Dans quelques instants vous serez unis pour jamais... En sacrifiant mes affections personnelles aux devoirs que m'imposait mon titre de magistrat, vous savez, Monsieur de Crossey, si j'acquiers des titres à votre estime ; elle me sera toujours chère.

Votre bonheur, pour le quel je fais des vœux sincères, me sera toujours précieux.

Un profond et douloureux soupir se fit entendre dans la pièce voisine; le général tressaillit.

— Édouard de Crossey et Cécile Bernard, ajouta-t-il à voix basse et en rejoignant leurs mains, au nom de la loi, je vous unis...

La porte s'ouvrit davantage, et une grande figure parut à l'entrée: c'était Athénaïs, dont une maladie cruelle avait rendu méconnaissables les traits enchanteurs : elle était pâle et tremblante, et deux ruisseaux de larmes sillonnaient ses joues flétries par le chagrin.

— Adieu, Édouard, s'écria-t-elle, soyez heureux!...

Elle s'évanouit dans les bras de sa mère et de Charles Moretel, et une

décharge générale ordonnée par Guillot couvrit dans ce moment le bruit
que causa parmi les gens de la noce
cet incident remarquable.

POST-SCRIPTUM.

Au théâtre, le rideau vient souvent à propos au secours de l'imagination. Il tombe après une situation intéressante, et le spectateur est libre de faire sur le sort des personnages qu'il a vus agir toutes les suppositions que sa sagacité peut lui suggérer. On est plus exigeant pour une action qui s'est passée du prestige de la scène. Le romancier est tenu de satisfaire ses lecteurs sur tous les points; il faut qu'il éclaircisse toutes les circonstances, même celles qu'il aurait voulu laisser dans un demi-jour mystérieux. Pour ma part, je raffole de ces anciens romans qui finissent par ces paroles sacramentelles : Les amants, après tant de

malheurs, furent unis et heureux;
ils vécurent long-temps et eurent un
grand nombre d'enfants. Je n'aurai
donc garde de contrarier un goût que
je crois général, et j'ai pensé qu'on
me saurait gré de faire connaître la
situation actuelle des personnes ho-
norables qui ont joué un rôle dans
cette histoire. Le bienveillant ami à
qui je dois les renseignements authen-
tiques dans lesquels j'ai puisé, s'est
empressé de me satisfaire sur ce dernier point; et si l'on prend la peine
de parcourir la lettre suivante, qu'il
m'a fait l'honneur de m'adresser, j'ai
lieu d'espérer qu'on partagera le contentement qu'elle m'a causé.

G..., mai 1829.

TRÈS CHER MONSIEUR,

Je ne vous cacherai pas qu'en apprenant votre projet de publier sous

la forme d'un roman les p articula-
rités que je vous ai fait connaître, et
qui intéressent tant de personnes que
j'aime et que j'honore, j'ai d'abord été
épouvanté de mon imprudence. Il n'a
rien moins fallu pour me rassurer,
que la lecture du plan de votre ouvrage. Vous avez bien fait de changer les noms et les lieux de manière
à tromper entièrement la malignité
des lecteurs de romans, classe in-
finiment respectable sans doute,
mais dont, dans ce pays, j'aurais pu
craindre l'intervention dans les affaires
de mes amis. Hier encore j'étais au
milieu d'eux, et j'ai joui d'un tableau
délicieux qu'un talent facile et
exercé pourrait seul retracer, car,
pour moi, je sens bien le bonheur,
mais je ne sais comment le peindre.
Quoi qu'il en soit, je vais essayer de
répondre successivement aux demandes que vous m'avez faites.

Le mariage de M. le comte de Crossey avec une paysanne, comme on appelait à la préfecture et au *Casino* la jolie Cécile Bernard, a fait certainement plus de bruit ici que la querelle des classiques et des romantiques n'en cause dans votre capitale. La noblesse a jeté de hauts cris contre une alliance aussi disproportionnée, et un noble pair, oncle maternel du jeune homme, en apprenant cette nouvelle a failli mourir d'une attaque de nerfs... et de considérations. Quelques riches libéraux ont fait chorus avec le côté droit; car, suivant eux, la noblesse ne peut se réhabiliter qu'en s'alliant au commerce. Cependant les quatorze ou quinze cent mille francs d'indemnité qui ont été alloués à M. de Crossey ont fait pencher la balance de son côté, et il a reçu de nombreuses visites. Mais croirait-on que les gens du

4.   11

peuple, c'est-à-dire les bonnes gens,
n'ont vu dans le bonheur d'Édouard
que le retour prochain de la dîme et
des droits féodaux? Consultez après
cela l'opinion publique! Édouard n'a
tenu aucun compte de ces propos ridicules, et il continue à mériter par
sa conduite l'estime de tous ceux que
de petites passions ne rendent ni in-
justes ni insensibles aux belles actions.

Quelque temps après cet évènement
le général a donné sa démission des
fonctions de maire. Cette place honorable a été offerte à Édouard; mais
il a eu la modestie de la refuser, et
c'est Jacques Bernard, son beau-père,
qui a été nommé. Ragot a été évincé,
mais l'excellent jeune homme a pour-
vu à tous ses besoins. Ces arrangements étaient à peine conclus, que
M. le comte Des-Marais partit pour
l'Italie avec sa famille; le jeune avo-

cat M. Charles Moretel, fut du voyage.
Bientôt on apprit avec surprise que le
château et la terre de Crossey étaient
en vente ; je n'ai pas besoin de vous
dire quel en a été l'acquéreur. Ce fut
un beau jour que celui où Édouard de
Crossey rentra en maître dans l'héri-
tage de ses ancêtres! Geneviève Besson
reprit aussitôt ses fonctions de surin-
tendante. Nous avons vu, pour ainsi
dire, une restauration complète; car la
bonne femme ne manque jamais de
dire, quand elle donne quelque ordre
bien aristocratique et bien ridicule :
C'est ainsi que cela se faisait du temps
de l'ancien comte. Cet heureux évènement semble lui avoir rendu l'énergie de sa jeunesse, et rien ne trouble-
rait sa joie si Guillot ne se permettait
trop souvent de la contrarier en ap-
pelant devant elle l'épouse d'Édouard
tout simplement Cécile, au lieu de
Madame la comtesse; et il faut avouer

que, sous ce rapport, Jacques Bernard est maintenant de l'avis de la bonne dame. Le brave vétéran est au reste fort occupé ; il s'est créé gouverneur militaire d'un petit comte de Crossey, qui aura bientôt trois ans, et qui fait déjà dans le jardin un abattis considérable de fleurs avec son sabre de fer-blanc ; mais Guillot n'entend pas qu'on désapprouve dans son élève des manières qui, suivant lui, annoncent le héros. Le petit Charles jure quelquefois comme un grenadier de la 32e demi-brigade ; aussi M. Manuel n'épargne pas les remontrances à son gouverneur. Le bon curé habite le château ; il n'a point voulu renoncer à ses fonctions pastorales ; mais Édouard a obtenu de lui qu'il fût aidé par un jeune vicaire dont il surveille les instructions et la conduite.

Il y a deux ans maintenant que le général est revenu d'Italie ; il a acheté une terre dans un département voisin, et vous n'apprendrez pas sans intérêt qu'Athénaïs a enfin couronné l'attachement de l'ami d'Édouard, et qu'elle est Madame Moretel. Une correspondance active et pleine de charmes existe entre les deux maisons, et l'on s'attend, au château de Crossey, à une prochaine visite de la famille Des-Marais.

Il y a peu de jours qu'on y reçut celle de M. Bertrand, sous-lieutenant d'une compagnie de grenadiers, et qui paraît décidé à continuer la carrière dans laquelle il est entré. Vous devinez sans doute à quelle recommandation il doit la promptitude de son avancement.

Charles Moretel a à peu près abandonné sa profession ; c'est un malheur sans doute, mais les soins de ses affaires privées ne lui permettraient pas de donner assez de temps aux affaires de ses clients. A propos de M. Moretel, j'ai la douleur de vous annoncer qu'il vient d'hériter de tous les biens de M. Martin Des-Andouillères. Le digne conseiller de préfecture est mort d'ingestion après un dîner de l'ordre légal; c'est vraiment jouer de malheur. Vous savez sans doute qu'aux dernières élections le général Des-Marais a été élu député par le parti constitutionnel, attendu qu'il était général sous l'empire; il siége au centre gauche.

FIN.

ŒUVRES

DE

A. BARGINET,

DE GRENOBLE.

LES MONTAGNARDES, tradition dauphinoise, 4 vol. in-12.   12 f.

LA COTTE ROUGE, histoire dauphinoise du 17ᵉ siècle, 4 vol. in-12.   12 f.

LE ROI DES MONTAGNES, ou les **COMPAGNONS DU CHÊNE**, tradition dauphinoise du temps de Charles VIII, 5 vol. in-12.   15 f.

LES DEUX SEIGNEURS DU VILLAGE, histoire de ce temps, 4 vol. in-12.   12 f.

Sous presse.

LE GRENADIER DE L'ILE D'ELBE, épisode des cent jours, 2 vol. in-8.

LES AYNARDS ET LES ALLEMANS, légende historique des montagnes et de la vallée de Graisivaudan sous le règne du dauphin Humbert II, 4 vol. in-12.

www.ingramcontent.com/pod-product-compliance
Lightning Source LLC
Chambersburg PA
CBHW071826020726
47502CB00004B/1249